シー
マサツグ
エリン

リュシア

異世界で孤児院を開いたけど、なぜか誰一人巣立とうとしない件

Isekai de kojiin wo
hiraitakedo
nazeka darehitori
sudatou to shinaiken

初枝れんげ

Illustration
パルプピロシ

TOブックス

異世界で孤児院を開いたけど、なぜか誰一人巣立とうとしない件

CONTENTS

Isekai de kojiin wo
hiraitakedo
nazeka darehitori
sudatou to shinaiken

illust.パルプピロシ design.AFTERGLOW

0. プロローグ

「さあ、次は誰じゃ。まだスキルを確認出来ておらぬ者は、この水晶に手を当てよ!!」

「あとは誰だ？」

「全員済んだんじゃね？」

「いや、一人足りない……。ああ、なんだテメェかよ……ったく、早くしろよな！」

「まったく協調性がねえ奴だなあ。呼んでんだからさっさとしろよ!!」

俺こと直見真嗣《なおみまさつぐ》はクラスメイトたちから罵声《ばせい》や白眼視を受けながら、異世界の王様……玉座の間に座るワルムズ国王、その目の前に置かれた水晶の前までゆっくりと進み出た。

だが俺は最大限の警戒をしつつ、慎重《しんちょう》に水晶に手を置く。

そのもったい付けたような行動が、またクラスメイトたちをイライラとさせているようだったが、俺はそんな奴らの反応を完全に無視する。

むしろ、どうしてお前たちは信用などしているのか。こんな風にいきなり俺たちを拉致《らち》した相手に……。

(本物の馬鹿どもが……)

と、そんなことを考えていると水晶が怪しげに発光し出したので俺は思考を中断する。

天稟読《ギブリー》みと呼ばれる職業の女性が、異世界召喚に際しもたらされたスキルを読み上げようとする。

そう、異世界、である。

このワルムズ王国は魔族や周辺国から一方的に攻め込まれており窮地《きゅうち》に立たされている、というのがこいつらの説明だ。そこで、その現状を打破するために千年前に失われたという『異世界から勇者を召喚する魔術』を復活させ、呼び寄せたのが俺たちという訳らしい。そして元の世界に帰るには魔族の王、すなわち魔王を倒す必要があるという説明だった。

（胡散臭《うさんくさ》いことこの上ない）

これが他人事ならどれだけよかったか。それなら鼻で嗤《わら》うだけで済んだのだから。だが、不運なことにその異世界召喚の術とやらのターゲットは偶然にも俺たち川瀬野高校一年A組のクラスだった訳である。

俺たちの様な一般人をわざわざ召喚してどうするのか？

最初はそう思ったが、その答えは『スキル』という言葉に集約されていた。

この異世界召喚術で呼ばれた者たちは、転移する際に類稀《たぐいまれ》なるスキル……天稟《てんりん》とも呼ぶべき異能を授かるのだという。

まったく信じられない話だ。だが現実だ。それは相変わらず俺に突き刺さるクラスメイトたちからの冷たい視線や、値踏みするようなワルムズ王国側の人間たちの眼差し。そして鼻につく香水を撒《ま》いた様な玉座の間の匂いに、召喚の魔法陣の上で倒れていた時についた痣《あざ》と……、すべてがこの冗談じみた状況はリアルだと教えてくれていた。

特に、こんな風に拉致同然のことをされたにもかかわらず、異世界からの勇者様、侵略者から国を救う英雄、魔王を倒せば元の世界に帰れる、という何とも幼稚な甘言に篭絡《ろうらく》され、すっかりその気になってしまったクラスメイトの馬鹿どもこそが、確固たる証拠だ。

「は？　な、何じゃと？」

　と、国王が少し焦ったような声を上げた。

　どうやら天稟《ギフト》読みが読み上げた俺のスキルが意外だったらしい。

「も、もう一度、申してみよ!!」

「は、はい。ですから『守る』と初級の『鑑定』です。本当にたったそれだけのスキルしか、この者は有しておりません!!」

「し、信じられん……。そのような非才の者が召喚されるとはっ……!?」

　国王が呆《あき》れたような声を出し、臣下の者達もあらかさまに失望の表情を浮かべる。中には露骨にため息を吐き侮蔑《ぶべつ》に顔を歪《ゆが》める者もいた。

（そちらの都合で召喚しておいて、なんて身勝手な奴らだ！）

　一方の俺も心中でうんざりとする。他人の身勝手さというものに心底嫌気がさしていたからだ。

　そんなことを考えているとクラスメイトの一人が口を開いた。

「えーっと、すみません、直見君のその『守る』というのはどういったスキルなのですか？　初級の『鑑定』はともかく……。詳しく教えて欲しいと思います。どうやら、ずいぶん使えないスキルのようですが……これから一緒にこの国を守って行くには、僕たちも彼のスキルの詳細を知っておかなくてはいけませんからね」

そう真面目くさった口調で言う。だが、その質問の意図は明白だ。単純に俺を馬鹿にしたいのだろう。チラリと視線を向ければ口の端がゆがんでいる。ニヤニヤと笑いがこぼれるのを我慢しているのだ。その性格の悪さに俺は更に呆れかえってため息を吐《つ》く。

クラスメイトの質問を受けて、天稟読み《ギフトリーダー》が『守る』スキルについて話し始めた。

それは極めて地味な初級スキルで、自分やその仲間たちが敵から狙われた際に、通常よりも高い防御力を発揮して味方を守る技能らしい。話によれば城の兵士に採用されるくらいの実力があれば獲得は難しくないスキルだとか。要は根性で味方を守るスキルと言って差し支えないだろう。ただ上位スキルには物理攻撃をすべて跳ね返すという『鉄壁』や、魔法すら無効化する『魔法障壁』といったスキルもあるとのことで、『守る』スキルをわざわざ使うような場面はないらしい。

要するに、俺の持つスキルは徹底的に中途半端な、どうしようもない雑魚スキルである、と解説してくれた訳だ。

たちまちクラスメイトたちが嘲笑や冷たい視線を向けて来た。

だが俺はその反応を、

（ふん、まあ無理もない）

と冷静に受け止める。

何せ俺以外の奴らは『六法極めし魔術師《アーク・ウィザード》』や『聖騎士《パラディン》』、『マギ・クラフター《魔術工作師》』といった、最上級のスキルを獲得しているのだ。

それと比べれば俺のスキルなどゴミも同然である。奴らの反応も致し方ないだろう。

「あっ、し、しかしですね！」

と天稟読《ギブリー》みが言葉を続けた。

「同じ『守る』スキルでも『補助効果《エンチャント》』が付く可能性もあります。少しお時間を頂ければ詳しく調べて……」

「バカ者が！　『守る』ごとき初級スキルに補助が付いていたからと言ってどうだというのだ！　時間の無駄だ！」

王の一喝に天稟読《ギブリー》みが慌てて頭を下げて退室する。

「ふうむ、じゃがどうしたものかな。軍や官僚に配置しようかと思っていたのだが予定が狂ってしまったわい」

ワルムズ王が心底迷惑そうに眉根《まゆね》を寄せた。

（迷惑だと叫びたいのはこちらの方だ）

俺は内心で相手を罵倒する。

まったく、どうしてこんなことになってしまったのか。ほんの数時間前まで、俺はいつもの通りクラスで授業を受けていたというのに……。


そう、それはいつも通りの月曜日、授業が三時間目にさしかかった時のことであった。

退屈な休み時間を過ごした後、俺はやはり退屈な授業に耳を傾けていた。

退屈、というのは俺の学校生活に対する率直な感想だ。

何せ俺には友達が一人もいない。

いや、それは少し控えめな表現かもしれない。もっと正確に言えばクラスメイト全員から無視という名のイジメを受けている、というのが正確な表現だ。

そうなった理由は自分でもよく分からない。

だが一般的に日本では異物は排除される。出る杭は打たれるし、周囲に埋没しない者は排斥《はいせき》される、というのが常だ。

そう言う意味で言えば、俺はとことんその資格を満たしていたとは思う。

なぜなら、俺はクラスメイトの話題に全く関心がない。そもそも話が完全に合わないのだ。例えば今流行りの曲が何で、どういった芸能人が人気なのか。はたまた他のクラスの誰が格好いいか、可愛いか。誰と誰が付き合っていて、誰が別れたか。そういったゴシップ系の話題に全く興味が湧《わ》かないのだ。

誰がどうしたかなどどうでも良いし、奴らは一体、そんな下世話な話をして何が楽しいのだろうと純粋に思ってしまう。

決定的だったのはあの時だろうか。

クラスどころか学年を仕切っている男子生徒がいるのだが、そいつが他のクラスの誰かを馬鹿にするような話題をなぜか俺に振って来たのだ。

今から思えば一種の踏み絵のつもりだったのかもしれない。

だが、俺はやはり面白いとは思えなかったので、

「くだらん。そんな話をして何が面白いんだ？」

と心底軽蔑して言ったのだった。

その瞬間、クラスの空気が凍ったような気がしたことは覚えている。その男子の取り巻きどもはすさまじい目つきで俺を睨み付けていた。

多分、その時に俺はいじめのターゲットになったのだろう。

……ふん、今から思い返してみても、やはり幼稚な奴らだ。俺は思い出して鼻で嗤う。

そうして今やクラスカーストの底辺というやつである。まあ、どうでもいいことだがな。

イジメといっても、俺が筋トレなんかを欠かさずにやっていたおかげで、暴力を振るわれる様なことはなかった。せいぜい誰も話しかけてこない程度のことだ。それこそ俺にとっては清々《すがすが》しくすらあった。

まあ、俺の場合はそもそも両親がろくでもなかったから、そんな状況は屁でもなかったが。

母親は俺の幼い頃に浮気をして他の男の元に走り離婚。父親はそのせいでアル中になり、幼い俺に当たり散らした。大きくなってからは手は出して来なくなったが、代わりにギャンブルへの入れ込みようが一層ひどくなった。

そんな訳で俺の生活と言えば小さい頃から自炊が当たり前で、中学の頃には早朝の新聞配達のアルバイトをやっていた。掃除洗濯などもやっていたから遊ぶ暇などなかったし、クラスメイトの話題について行くことなど到底不可能になった。

何せそうしなければ生きてこれなかったからな。

幼い頃から自立せざる得なかった俺は、他人のゴシップを笑っている暇などなかったし、奴らが喜ぶ下世話な話も低俗にしか思えなかった。まあ、愛想笑いくらいは出来るようになっていたら良かったのかもしれないが。

まあ、奴らのことが羨ましいと思うこともある。

何せ他人を笑ったりけなしたりすることは、自分が上等な人間だと勘違いしていなければ出来ないからだ。

幼い頃から辛酸《しんさん》をなめてきた俺には、そんな勘違いをする余裕がない。

そういう意味では、勘違いの出来る愚かなクラスメイトたちを、ある意味軽蔑を通り越してまぶしくすら思うのであった。

と、王がため息を吐くのが聞こえた。

「そうじゃのう、ナオミとか申したか。お前の様な凡夫に任せられる要職はこの城には存在せぬ。じゃが無駄飯を食らわせるつもりはない。その身に応じた役割を果たしてもらうとしよう。確か街外れに潰れた孤児院があったはずじゃ。そこの経営をしてもらうとしよう。お前の様な非才の身でも務まる孤児院の院長職じゃ。せいぜい励むがよいぞ？　温情として多少の金銭を持たせるゆえ感謝するがよい。今どうなっておるかは知らぬが案内は兵にさせよう。さあ、分かったらさっさとここから出て行け」

そう言うと、時間を無駄にしたとばかりに他のクラスメイト達に向き直ったのである。俺に向けていた冷ややかな表情を一転させ、満面の笑みを浮かべながら今後の段取りについて話し始める。

（くそ、ふざけるな!!）

……そう叫びたいのを何とかこらえる。

安易に反抗することは簡単だが今それは悪手だ。見知らぬ異世界で完全に放り出されれば、命に関わる代償を支払うハメになる。

今はともかく生きていくために、孤児院経営でも何でもせざるを得ないだろう。

それに多少なりとも金も手に入る。金がないことの辛さをよく知る俺としては断ることは出来ない。もらえるものはもらっておくべきだ。

（だが、それにしてもこの俺が孤児院の院長とはな……）

俺は若干ながら自嘲《じちょう》気味に笑った。

孤児院というからには孤児の面倒を見ることになるのだろう。だが、もちろん俺に親の役割などを期待されても困る。

なぜなら、そもそも俺に家族などいなかったからだ。男を作って出て行った母と暴力を振るう父。あんなものは家族とは言わない。俺にとっては家族という存在自体が理解出来ないものだ。

……そんな俺に孤児院経営とは。この国の王は本当に見る目がないらしい。

「まあ、家族やら親の愛情などなくても子供は育つだろう。俺が良い例だしな。せいぜい飢《う》えないようにちゃんと飯を食べさせてやることが大事な所か」

そんなことを考えつつ、王やクラスメイトたちに背を向ける。

彼らはこちらのことを見向きもしない。もはやいないものとして扱っているのが分かった。いや、むしろ邪魔者が消えてせいせいしたとでも思っているのかもしれない。だが、それは俺も同じだ。

俺の方もその後彼らには一瞥《いちべつ》もくれず、一人今後について思いをはせるのであった。

1. 不治の病にかかった獣人の少女

「ここが今日からお前が運営するルーナ孤児院だ」

その建物はもともと教会だったようだ。だが今は最初の姿が想像できないほど、ともかくぼろぼろだった。屋根や壁の塗装は剥《は》げ、窓硝子《がらす》はほぼ割れている。全体的に薄汚れていて、庭の雑草たちは伸び放題といった具合だ。

何年も手入れされず放置されていたのが分かる。

俺は嘆息《たんそく》しながら扉を開けようとする。だがその扉ごと取れてしまった。

案内してきた城の兵士は既に帰ってしまっている。

残されたのは、今にも崩れそうな廃墟《はいきょ》同然の孤児院と、誰一人身寄りのない俺だけだ。

はぁ、と俺はため息を吐く。

異世界召喚術とやらで俺たちはクラスごとこの世界へ転移させられた。他の奴らがレアスキルを獲得する中、俺だけが『守る』と初級の『鑑定』スキルしか授かれなかった。おかげで、こうして一人、潰れた孤児院の経営を命じられてしまったという訳だ。

まあ、このワルムズ国の奴らが言っていた、国を守る、とか、魔王を倒せば元の世界に戻れる、と言う言葉に疑いを持っていた俺としては、こうして放逐してくれた方が気楽でよかったのかもしれないが。それにそんな話を鵜呑《うの》みにしてしまう、どこか頭の弱いクラスメイト達と仲良く異世界ライフとは寒気すら覚える。

そう言う意味では孤児院の院長職というのは悪くなかった。

しかし、

「だが、それにしてもこれはひどいな。こんな場所で本当にやっていけるのか？」

俺は蜘蛛《くも》の巣の張った廊下を進みながら、その前途多難さに嘆息するのであった。

と、その時である。

（……人の気配がする。……この部屋か。浮浪者か何かが住みついてるのか？）

警戒しながらその部屋の中へと入って行った。

すると、

「誰……ですか？　けほけほ」

そんな声とともに猫耳を生やした幼い少女が現れたのである。

体格や声からして年齢は十二、三歳ぐらいだろうか？　だが詳しくは分からなかった。なぜなら彼女の顔は半分が醜《みにく》くただれていたからだ。

呼吸器からはゼェゼェという不快な音が聞こえている。その上、体がとてもだるそうに見えた。恐らく熱があるのだろう。

「おいお前、大丈夫か？」

俺が声をかける。だが少女からは、

「ご、ごめんなさい。もう、何もありません。お願いですから、もう叩かないでください」

「何を言っている？　おい、一体どうし……」

「ひっ」

そう短く悲鳴を上げると、ブルブルと身体を震わせた。

良く見ると、体中にムチの跡のようなものがある。

「俺の言葉を聞く気があるのか。俺はお前に暴力を振るったりはしない。無用な手間をかけさせるな。俺はお前になぜここにいるか聞いているだけだ」

「ほ、本当ですか……？」

「ああ。それに、俺がそんなに乱暴な人間に見えるか？」

「は、はい……。あ、いいえ」

半信半疑っぽい表情を浮かべる少女……『リュシア』というそうだ……だったが、しばらくやりとりをする内に少しマシになった。それでもまだやはり警戒しているようだったが。

「……少し落ち着きました。すみません」

「ふん……それで一体どうしたんだ？　なぜ、お前の様な子供が一人、こんな場所にいる？」

そう聞いてみる。するとポツリポツリと事情を話しだした。

整理すると、どうやら数か月前までとある大商人の元で奴隷をしていたのだが、捨てられてしまったらしい。その大商人というのが暴力を振るうのが趣味の男だったようで、頻繁《ひんぱん》に殴る蹴る、果てはむち打ちの刑に遭わされていたようだ。幼かったので性的なことはなかったらしいが、そうした劣悪な環境下で暮らしていたようである。だが最近になって医者も匙《さじ》を投げる謎の病気にかかり、この廃墟となったルーナ孤児院に捨てられてしまったらしい。

要はこの女はここで死を待っていたのである。

「でも一人は寂しいです。お父さんもお母さんも戦争で死んでしまいました。私ももう長くはありません。でも、お願いです。せめてもの情けで死ぬまで一緒にいて欲しいです。もう一人は嫌なんです。ぐす、ひっくひっく」

「死ぬまで、ね。構わん、勝手にするといい」

俺はあっさりと了解する。すると言った少女本人がビックリした顔で問いかけてきた。

「こ、こんな獣人で、顔も醜い病気の女の子でも一緒にいてくれるんですか?」

「くだらん。そんなことはどうでもいいことだ。それに、俺にだって他に行く当てなどない。要するについでの様なものだ。感謝などするな。筋違いだからな」

俺はやはり淡々と頷く。

「ありがとうございます。もう死んでも良いです……」

そんなことを言って泣き始める少女に俺はため息を吐く。

「泣くな。それにうぬぼれるんじゃない。さっきも言った通り、お前の顔がただれていようが何だろうが、お前は普通の少女に過ぎん。なら、男の俺が見捨てる訳にはいかない。ただ義務をこなしているだけだ」

「ふ、普通……私が……。えへ、嘘でも嬉しいです。……でも、もっと私の顔が普通だった時に出会いたかった。そうすれば、もしかしたら……」

なるほど、元の姿か……。

「残念だが俺にお前を治せるような力はない。期待などするな」

だが、あのクラスメイトどもなら、この少女を救えるスキルを持つ者もいるのだろうか……。

「いいえ。病気になった時にお医者さんにはかかりました。ですが、最高の治療魔法であるリザレクションを使用しても無理だという診断だったのです。恐らく、誰にも治せない病気なのでしょう」

彼女はそう言って俯《うつむ》く。

彼女のルビーの様な赤い瞳にはすでに死を受け入れた諦観《ていかん》が浮かんでいる。

と、その時、彼女の体がグラリと傾いた。どうやら俺と話すことすら限界だったらしい。

「ちっ」

俺は無意識にその体を支えようと手を差し出す。

だが、その瞬間、俺の伸ばした手から凄まじい光がほとばしったのである。

そして、光が収まった途端、少女が驚きの声を上げたのだ。

「そ、そんな……。リザレクションでも治らなかった病気や顔の傷、それにムチの痕も……全部治ってます……」

そこには、栗色の長い髪、赤い瞳、猫耳を備えた絶世の美少女がいたのである。

どういうことだ……？　確かに今の光は俺の手から放出されたようだが。

スキルか？　いや、それはない。俺のスキルは『守る』と『鑑定』だけのはずだ……。病を治す様な真似が出来るはずがない。

と、そんな風に自分のスキルについて考えていると、どういう理屈なのか、突然頭の中に詳細な説明が流れたのである。

（本当にどうなってるんだ⁉）

俺は戸惑いつつも、とにかくその文章を慌てて読む。


……『周囲の身近な対象をあらゆる意味で守護するスキル。一億年に一人いるかいないかの異能であり、本当の才能を持つ選ばれた者にしか発現しない』

そう書いてある……。

つまりどういうことだ？　前の世界ではつまらない学生に過ぎなかった俺に、実は凄まじい才能が眠っていたということなのか？

ああ、そう言えば天稟読《ギブリー》みの女が、『補助効果《エンチャント》』という効果があるかもしれない、と言っていたな。もしかしてそれだろうか？

その効果とやらは、目の前の少女をたちまち治癒した状況から考えると、恐らくそのリザレクションとやらを上回る回復能力なのだろう。

そんな風に俺が思考に没頭していると、少女が泣きながら話しかけてきた。

「ぐすぐす、ありがとうございまひゅ、わ、わらひ、もう死んじゃうんだって……ほんろうにさみひくって……」

どうやら言葉にならないようだ。

「泣くな、うっとうしい。別に助けようとして治した訳じゃない。感謝など筋違いだと言っただろう？」

だが俺が何と言おうと女は泣くばかりだ。

ちっ、どうしたものか。このまま泣かれ続けるのもかなわん。俺は孤児院の経営の準備もしなくてはならないというのに……。

……ああ、そうだ。

「えっ⁉」

少女が驚いた声を上げた。それと同時に泣くのを中断する。

ふっ、思った通り泣き止ませることに成功したようだ。

何をしたのか？

単純なことだ。単に頭を撫《な》でてやったのである。

子供を泣き止ますにはこうするのが一番だと保健の授業でも習ったからな。地球で学んだことを咄嗟《とっさ》に応用してみせたのである。

「手間をかけさせるな。お前も俺に頭を撫でられるなどご免だろう？　だからいい加減泣くのは止めろ。俺は忙しいんだ」

「い、いやじゃないです。獣人では頭を撫でるのは、親かご主人様だけですから」

「俺はお前の親でもご主人様でもない。ならやはり、撫でるのは止めた方がいいな」

泣き止ますためだったとはいえ、そもそも子供の頭を撫でるなど性《しょう》に合わない。

さっさと手を離そうとする。だが、その手をガシっと掴《つか》まれた。

「ご主人様です！　お願いだからご主人様になってください！」

突然の少女の申し出に俺は面食らう。

「おい、いきなりどうした。それに手を離せ。いきなりご主人様などと何を訳の分からんことを……」

「お願いします！　ご主人様になってください。私をお傍《そば》に置いてください！……い、いえ、やっぱり私なんかお嫌ですよね……？」

「嫌だとかそういう話じゃない……なぜ急にそんな話になる？」

俺が呆れた調子で言うと、少女はポツリポツリと言葉を紡《つむ》ぐ。

「私……私にはもう親もいません。でも今更、元の大商人様の元に帰るのは嫌です。また、あんな目に遭うのは……。そ、それに何よりご主人様に御恩をお返ししたいです。助けて頂いたお礼をさせてください！　獣人族は……私たち猫耳族は仕えるべき方を見つけたら、その方をご主人様として頂く習慣があるんです!!」

そう言って俺の方をしっかりと見つめる。

先ほどまでの弱気な雰囲気ではなく、強い意志を感じさせる視線だ。

「なぜ俺が……」

と、途中まで言いかけて俺は「ふむ」と頭を巡らせた。

よく考えれば、今から俺がここでしようとしていることを思えば、この申し出は強く拒絶するほどのことではない様に感じたからだ。ご主人様などと呼ばれるのは虫唾《むしず》が走るが、それにさえ目をつぶれば、孤児であるこの少女が孤児院に住まうことは理にかなっている。

「……まぁいいだろう。だが、嫌になったら言うようにしろ。俺はここで孤児院を開くために来た。お前が俺の傍にいたいというのなら孤児として勝手に住めばいい。だが、別に無理強いをするつもりはない。飯だけは準備してやるが、他のことは知らん。出て行きたくなったり、俺をご主人様などと呼ぶのが嫌になれば、すぐに去るんだな」

「はい！　ありがとうございます！　それに、絶対に嫌になんてなりませんから！」

彼女はそう断言する。やれやれ、どうだかな。

そうしたやりとりが一通り終わると、今度は少女が少し改まった口調で話し始めた。

「あの、ご主人様。改めてお礼を言わせてください。危ない所を救って頂き本当にありがとうございました」

「気にするな。助けようとしたのはついでだと言っただろう？」

「そうですか……分かりました。でも、いつ捨てられるかまだ不安なんです」

「信用しろとは言わない。所詮は赤の他人だ。信用など出来る訳……」

「とんでもありません！　私、ご主人様のことは心から信頼しています。そうじゃないんです。私が不安なのは、私がちゃんとご主人様のお役に立てるかどうか、なんです。だから……。だから、私がご主人様のお役に立てるという証を立てたいんです」

「ん？　それはどういう……」

俺が尋ねる間もなく、リュシアはキュッと唇を固く結ぶと、顔を真っ赤にして着ていた服をパサリと脱いだ。

「お願いです。私に証をください」

彼女はそう言って美しいしなやかな身体を俺にゆだねるようにして来る。どうやら、どういった形であれ俺の役に立ちたいということらしい。

だが……、

「ふん、くだらんことをするな。さっさと服を着ろ」

と俺はにべもなく断る。彼女は拒絶されたショックからか悲しそうな顔になる。

ちっ、と俺は舌打ちをする。

「当然だろう？　まだ子供のお前に、そんな真似が出来るはずがないだろう？　そういった趣味はないんでな。大人になって好きな奴が出来たら、そいつにしてやるといい」

なんでこんなフォローをしてやらなくてはならないのか。

しかし、

「ほ、本当ですね⁉　大人になればお嫁さんにしてくれるんですね！　絶対に約束ですよ⁉」

ん？

「おい、待て。そうじゃない。お前には大人になったらきっと他の相手が見つかるという意味で……」

だが、リュシアは聞いていないのか、ただただ「お嫁さん、お嫁さん、ご主人様のお嫁さん」と言ってニコニコとしている。

何やら返事を間違えてしまったか……。

とはいえ、先ほどまで絶望していた少女が勘違いといえどもここまで元気になったのだ。面倒をみなくてはならないのなら、元気な方が手間がかからないだろう。どうせ将来好きな相手が出来れば、この誤解も無効になる。今は放置しておくのが面倒が無くて良さそうだ。

そんな訳で俺はその話を一旦切り上げ、俺自身の身の上を説明した。

異世界から来たこと、スキルのこと、そしてここで孤児院を開くことになった経緯なんかをだ。

俺が異世界から来たという話に少し驚いたようだったが、とにかくリュシアは喜んで一人目の孤児になると言った。

やれやれ、それにしても今更ながら本当に俺が孤児院を経営するのか。

俺は隣でニコニコと見上げてくる少女にげんなりとするのであった。

2. 火の粉を払いながら一緒に街でお買い物

さて、俺が孤児院を運営する上で、まず取りかかったのが掃除と修理である。訪れた時からひどい有り様だったからな。

せめて少しでもマシな状態にしようと、リュシアにも手伝わせることにした。文字通り猫の手を借りるくらいの気持ちで。

だが、ここで予想外のことが起こった。

「おい、ここにあったゴミは……？」

「あっ、ご主人様、それはもう処分しておきましたので、大丈夫ですよ？」

「ふん、そうか。じゃあ、二階の掃除でもしてくるか……」

「あ、それもやっておきました」

「……そうか。では、立て付けの悪かった扉の修理を……」

「先ほど済ませました」

「窓拭きを」

「それも数分ほど前に……」

「……」

「あ、あの、ご主人様。ご主人様はお休みになってください。わたし、ご主人様のために尽くしたいんです!!」

そう言ってキラキラとした瞳で俺を見上げて来た。

なぜ俺などに尽くそうとするのか彼女の気持ちが全く理解出来ず、俺はむしろ困惑する羽目になる。

「……そうか。だが、まだ子供のお前が無理をすれば、体調を崩すかもしれない。そうしたら結局俺の負担になる。だから無理はするな。適切に休憩を取れ」

「ご、ご主人様……。はい!! 私、ご主人様のために、いっぱいお役に立ちます!!」

リュシアのそんな溌剌《はつらつ》とした声が建物に響いた。本当に俺の意図が伝わっているのだろうか？

俺は張り切りすぎて倒れられでもしたら面倒だと言ったのだが……。

……だが、助かっているのも確かだ。彼女の家事スキルは非常に高いようである。恐らく大商人とやらに仕えていた時に学んだのだろう。少なくとも俺の十倍ぐらいのスピードで次々に用事を済ませていく。

「拾い物だったか」

ならば、やはり無理をさせるべきではないだろう。頑張りすぎて倒れられては、今後俺の役に立たなくなるからな。

「リュシア、お前のような子供の仕事は遊ぶことと古来から決まっている。手伝いに飽きたら無理はせず遊びに行け。その方が結果的に長く俺の役に立つだろうからな」

俺はそう彼女に言う。だが、

「そんな、飽きるだなんてとんでもないです！ 私、ご主人様のために何かしている時が一番幸せなんです。なんでも言ってくださいね？」

　そう言って微笑みを浮かべる。

「ちっ、意味が分からん……。雑用をさせられて何が楽しい？　不思議な奴だ。まあ手伝うのが嫌じゃないと言うのなら今後も容赦なく手伝わせるが……。……いや、違うな。そうか、分かったぞリュシア。ご褒美《ほうび》というヤツが欲しいんだな？　確かに手伝えばお駄賃とかいうものを渡すのがルールだったはずだ！」

　俺の親にそんなものは期待出来なかったが、よその家にはそういったルールが存在するのだと聞いたことがある。恐らくリュシアもそれを期待し、俺を手伝ったのだろう。なるほど、無償で働く者などいるはずもない。

　だが、確信を込めた俺の言葉に対しリュシアは、

「え？　そんなご褒美だなんて……。私、お優しいご主人様と一緒にいられるだけで十分ですから」

「な、何だとっ……!?」

　と頬《ほほ》を染めながら言うのであった。

　違うというのか。

「あっ、でも一つだけ欲しいものがあるかもしれません」

　リュシアが考え込むようにして言った。何だかそわそわとした様子で、瞳を潤《うる》ませながら俺の方を見上げて来る。

「やはりお駄賃か？」

「は？　い、いえ。ただ、その、さっきみたいに頭をですね……」

頭だと？

「……もし、宜しければ治癒《ちゅ》してもらった時のように頭を撫でてもらえませんでしょうか？」

「それがご褒美になるのか？」

正直、意味が分からないが。

俺はただただ首をひねる。

だが彼女ははっきりと頷いた。

「は、はい！　ナデナデがいいんです！　他には何もいりません!!　あ、あの、だめ……でしょうか？」

そう不安そうな表情で尋ねて来る。

「ふん、まあ金がかからないのなら良いだろう」

俺がそう答えると、彼女はたちまち喜びに満ちた表情となり、

「本当ですか!?　ありがとうございます!!」

そう言って、ケモ耳の生えた頭をズイと差し出して来るのであった。

俺に撫でられて嬉しいものなのだろうか？

まあいいさ。この程度のことで、リュシアが今後も俺の役に立つのなら安いものだ。

俺は不承《ふしょう》不承《ぶしょう》ながらも彼女の頭を雑に撫でてやった。

すると、

「くうん……」

と、ケモ耳をピクピクと震わせながら、甘ったるい声を上げる。

気持ちよさそうに目を細めては、

「ご主人様ぁ……」

と、とろける様に呟《つぶや》く。実に幸せそうだ。

俺としては困惑する限りだが。

……それにしても女が男の前でむやみに上げる声ではないな。

「忠告だけはしておいてやるが、少し無防備すぎるぞ？　何かあっても俺は助けてやらんから、自分の身は自分で守れるようになれ」

すると、

「大丈夫ですよ、ご主人様。私が尽くさせて頂きたいのも、撫でて頂くのも、耳や髪を触らせるのも、全部ご主人様だけですからね？　だから問題ありません」

と返事をする。

「ふん、さっぱり意味が分からないな」

俺がそう言うと少女は俺を見上げた後、困ったように微笑む。

ちっ、一体何なんだ？

そんな調子でしばらく適当に撫でていると、リュシアがウトウトとし始めた。

考えてみれば、俺のスキルで完治したとはいえこいつは病み上がりだ。疲れが残っていたのだろう。

「おい、こんな所で寝るな」

俺はそう言うが、彼女はすでに半分夢の中なのか、

「ご主人様、大す……うにゅ……」

と、よく分からない声を上げる。

そうして、そのまま首を横に振ると、なぜか目をしょぼしょぼとさせながら、頭を撫でる俺の方へと更に体を寄せて来た。そして、俺の膝の上に登り体を丸めると、まるで子猫のようにスヤスヤと寝息を立て始めたのだった。

「おい、リュシア、ちゃんとベッドへ……はぁ」

俺は深くため息を吐く。こうなっては俺の作業も出来ない。

「迷惑なことだ」

俺は起きない彼女に呆れながら、自分もそのまま小一時間ほど休憩を取ったのだった。

しばらくの小休止の後、俺たちは王都の街へ買い物へ出かけることにした。

リュシアの意外な貢献《こうけん》によって孤児院の掃除や修理が午前中に片付いたため、午後は必要な物を買い出しに行くことにしたのである。

何せこのままでは今日食べる物もないからな。

一ヶ月程度で底をつくような額ではあるが、王からはいちおうまとまった金銭を受け取っている。

「こっちですよ～、ご主人様ぁ」

そう言って健康になった小さい体を精一杯使うようにして、リュシアが目の前をトテトテと駆けて行く。体を自由に動かせるようになったのが嬉しいらしく、栗色の美しい長い髪を風になびかせていた。

俺は思わず舌打ちをする。

なぜなら、そんな彼女を見て周りの人間たち……、特に男どもが全員振り返ったり、目で追っていたりしたからだ。

男どもの視線を吸い寄せた原因は明らかだ。

ただれた顔が元に戻り、まだ痩《や》せぎすとはいえ健康を取り戻しつつあるリュシアが俺でさえも否定出来ないほど美しい少女だったからである。目鼻立ちが整い、唇がぷっくりとして赤く、四肢がスラッと長い。赤い瞳が大きく映え、神秘的な雰囲気さえ醸《かも》し出している。

無論、俺にとっては不利益極まりない。

異世界に来たばかりの俺は、まずは目立たずに周囲の様子を観察しようとしていたからだ。

だというのにリュシアのせいで、むしろ衆目を集めることになってしまった。

(連れてくるべきではなかったな)

俺は目の前で微笑む少女を苦々しく思いながら、自分の計算の甘さを痛感する。

と、そんなことを考えていると、「あの、ご主人様……」と顔を赤らめながら、遠慮がちに手をつなごうと手を伸ばして来た。

さすがにデートのまねごとをするつもりはない。俺はとっさに手を引っ込めようとするが、

「迷子になっちゃいますから」

確かにこれだけの人ごみの中ではぐれれば再会するのは難しいだろう。

ちっ、デートなどと考えた自分を思わず罵倒する。

「ふん」

俺は合理的な理由を苦々しく思いながら、彼女の手を握った。子供だからなのか彼女の手の体温は俺よりもかなり高い。

すると周りから、

「クソッ、なんであんな奴に！」

とか、

「チッ！」

といった、やっかみ交じりの怨嗟《えんさ》の声や舌打ちが巻き起こった。中には地団太《じだんだ》を踏んでいる奴もいるくらいだ。

俺は不本意な周囲の反応に大きくため息を吐く。俺の目立ちたくないという目論見《もくろみ》が完全に失敗していたからだ。それに加えて、こんな幼い少女と手をつないだだけで騒ぎ出す馬鹿な男どもを心底軽蔑したからである。

いや、ため息の理由はもう一つある。こういう場合には必ず……、

「おー、キミ可愛いねえ。どうだい、お兄さんと一緒に食事でもしないかい？　その後ろの目つきの悪い男なんて放っておいて、さ」

……そう。こういったチャラついた馬鹿が現れるからだ。

だが、どうしたものか。揉め事はごめんだ。これ以上目立つつもりはない。と、そんなことを考えているとリュシアが俺の後ろに隠れる。

そして、

「ご、ご主人様ぁ……」

と震えながら、ひどく怯えた声を上げたのだった。

先ほどまで俺に向けていた笑顔とは違いすぎて、まるで別人のようである。

どうやら、俺が守ってくれるとでも思っているらしい。

だが火の粉は自分で払えと言ってある。こいつがどんな目に遭おうと、俺の知ったことではない。

だが、そんな事情を知らない目の前のチャラ男は、美しい少女に公衆の面前でこれ見よがしに避けられ、恥をかかされたと思ったらしい。顔を真っ赤にして怒り出すと、

「おいおい、俺、とーっても傷ついちゃったよ。これ、どうしてくれんの？　なあ、お前がその女の子のご主人様？　だったら責任を取ってもらわねえとなぁ。とりあえず、そこの酒場まで来て酌《しゃく》をするように言えよ。あ？」

そう絡むように言ってきたのである。相手は体格も大きく、喧嘩《けんか》慣れしている様子だ。

ちっ、なぜ矛先《ほこさき》を俺に向けて来る。俺は関わるつもりはないというのに……。

「おい、てめえ、何とか言えよ!!」

だが、そんな風に考え込んでいると、無視されたと思ったのか目の前の男が掴みかかって来たのである。こういう男は、自分より弱そうな奴に舐められるのを驚くほど嫌うのだ。

たちまち激高すると慣れた様子で俺の胸倉に手を伸ばして来た。

だが、

「ど、どうなってるんだ、こ、こんなことあるはずねえ!!」

男の口から驚愕に満ちた声が上がる。

なぜなら、掴みかかろうとした腕を俺に掴まれた挙句、見えないほどの速さで後ろに回り込まれ、ビクともしない力で捻り上げられてしまったのだから。

が、一方の俺も完全に冷静という訳ではなかった。

どうしてこんな風に相手の腕を捻り上げることになったのか、自分にも分かっていなかったからだ。

目の前の男がこちらに危害を加えてくると確信した瞬間、なぜか相手の動きがスローモーションになったのである。そして、感じたことのない力が体中に満ちていた。

(これは……まさかスキルか?)

俺は直感的に理解する。

相手は悔しそうな表情を浮かべながら、顔面を蒼白にして、

「おい離せ！　離しやがれえ!!」

そうしてもがくが、俺の掴んだ腕は全く動かない。男はただ喚《わめ》き散《ち》らすだけだ。

「分かった、分かった。離してやる。だが、そうだな、まずは謝ってもらおうか。それから今後俺たちには構わないと誓《ちか》え。そうすれば許してやる」

男は恨みがましい視線を向けるだけだ。

「おいおい、それじゃあ離してやる訳には行かないぞ？　馬鹿なことをしたら頭を下げる。そう習わなかったのか？」

俺は出来の悪い生徒をしかる様にそう言うと、男の髪を掴んで無理やり頭を下に向けさせる。

「ぐぎぎぎぎぎい……ぎ、ぎざまあ……」

男が怨嗟の声を上げる。だが手を出して来たのは向こうだ。俺を恨むのは筋違いである。

「はぁ、頑固な男だ。なら、このままだな」

俺はそう言いつつ、更に掴んだ手に力を込め始めた。

「ひぃ⁉　いだい、いだい‼」

ナンパ男が鼻水と唾液《だえき》をまき散らしながら悲鳴を上げる。

「うわっ⁉　はぁ……もう謝罪はいい。だから、頼むから今後俺たちに関わってくれるな。それに、お前の様な低俗な輩は教育上、孤児の傍にいるべきではないだろうからな。さあ離して欲しければ首を縦に振れ。どうだ、分かったか？」

俺がそう言うと、男は歯噛《はが》みしつつも小さく頷いたのである。

「はぁ、やれやれ仕方ない。今回は許してやろう。せいぜい反省することだ」

俺は嘆息しつつ腕を離す。

男がたたらを踏むようにして俺から遠ざかった。

……が次の瞬間、男は素早い動きで振り返ると、不意を突くように俺に右の拳を繰り出して来たのである。

が、俺は落ち着いてその手を受け止めた。

「なっ⁉」

まさか防がれるとは思っていなかったのか、男の口から驚嘆の声が漏《も》れる。

「やれやれ、忠告はしたというのに。仕方あるまい」

俺はそんなナンパ男の行動にため息を吐くと、掴んだ拳をグイッと引っ張る。

予想だにしなかった怪力に引き寄せられて、男が悲鳴を上げた。だが俺は気にせず、そのまま勢いを利用して円を描くように振り回す。

「ひ、ひいいいいいいいいいいいい。て、てめえ、と、止めやがれぇ。ぎ、ぎもぢ悪いぃぃぃぃい……」

凄まじいスピードでぐるぐるとスイングしてやると、男が目を回し始めた。

最後は自分の胃から溢れで出た汚物で服をドロドロにしたようだが、まあ自業自得というやつだ。

俺が気絶したナンパ男を路地裏へ捨てて戻って来ると、リュシアがおずおずと話しかけて来た。

「あ、あの、ご主人様……」

ふん、どうやら怖がらせてしまったようだ。

だが、まあこれで俺を信頼するかのような勘違い発言は収まるだろう。それを考えれば喧嘩を買ったのも無駄ではなかった。そんなことを考えているとリュシアが口を開き、

「すごく素敵でした……」

そう言って、うっとりとした表情で俺を見上げたのだった。

「は？　お前は一体何を言っているんだ？　頭がおかしいんじゃないか？　さっきの俺の行為を見てどうしてそんな感想になる？　売られた喧嘩とはいえ、俺は暴力を振るって相手をぶちのめしたんだぞ？」

俺が困惑しながら言うと、リュシアもポカンとした顔になり、

「え？　ど、どうして、私がご主人様を怖がったりするんですか？　わたし、またご主人様に守って頂いたんですよね？　ご主人様は私の王子様です！」

そう言って、瞳を潤ませたのであった。

「お前を守ったんじゃない。俺に降りかかって来た火の粉を振り払っただけだ。言っただろう？お前を守るつもりはない。自分の身は自分で守れと」

俺はそう言って首を横に振るが、リュシアは、

「エヘへ、でも今日はご主人様に守ってもらえて、一緒に買い物にも来れてなんだかまるでデートしてるみたいで楽しいです……」

全く話を聞いていない。くそ、何なんだこの娘は……。

「はあ、まあいい。お前の妄言《もうげん》には付き合ってられん。さっさと買い物を済ませて帰るぞ。デートなどでは断じてない。デートというのは好きな奴とするものだ。お前にも将来出来るだろうから、そいつと存分にするんだな」

俺がそういうと、なぜかリュシアは優しく微笑み、そして手をつないで来る。

「ふん」

分かったのか、分かっていないのか判然としないが、それを確かめるのも億劫だ。

この上、迷子になられでもしたら目も当てられない。

俺はしっかりと少女の手を握ったのであった。


俺たちはナンパ男をぶちのめした後、やっと本来の目的である買い物をしていた。衣類、食糧など当面必要なものを購入していく。

と、その時、物陰から誰かがこちらの方を窺っていることに気が付いた。

当初はスリか何かかと思ったのだが、特にそれ以上何もして来る様子はない。

(次から次へと。今度は一体何なんだ?)

俺は怪訝に思い、どう対応するか頭を巡らそうとする。

すると突然、

「冒険者同士のけんかだ‼」

そんな声が聞こえてきたのである。

喚声《かんせい》の方を見れば若い冒険者同士が路上で剣を抜いて立ち合っている。

冒険者……いわゆる依頼を受けて報酬をもらう者たちのことだ。

周囲には遠巻きに野次馬が集まり始めていた。リュシアも興味深そうに眺めている。

「ふん、くだらん。行くぞ」

だが、俺はこういった騒ぎを面白がるような神経は持ち合わせてない。さっさと孤児院の経営に必要なものを買いそろえたい。

俺はそこから距離を取るため後退しようとする。

だが次の瞬間、あろうことか一方の冒険者が相手の剣を弾き、その凶器が俺たちの方へ凄まじい勢いで飛んできたのである。

その軌道はちょうどリュシアに向いていた。

(危ない!!)

しかし、またしても信じられないことが起こったのだ。

何と、その飛んできた剣が俺達の手前で突如、木っ端みじんになったのである。

ギャラリーどもからはまるで剣が空中で消失してしまったように見えたことだろう。

だが真相は違う。

またしてもスキルが発動したのだ。飛んでくる剣に向かって自然と俺の手刀が連続で繰り出されたのである。

それは刹那《せつな》の間に万を超える拳撃《けんげき》であり、一撃一撃が岩をも屠《ほふ》る威力を持つ攻撃であった。

だが、それは意図的なものではなかった。

リュシアが危険だと思った瞬間、咄嗟に発動したのである。

（治癒の時や、さっきナンパ男と戦った時と同じだ。俺の意識とは無関係にスキルが発動している。それだけじゃない。治癒に攻撃と全く一貫性がない。『守る』とは一体どういうスキルなんだ？）

俺は自分の力について思いを巡らそうとする。しかし、

「な、なんだアイツは!?　飛んで行った剣はオリハルコン製だったのに……まさか一瞬で消し飛ばしちまったのか！」

「すげえ……。だが誰だ？　あんな冒険者、王都にいたか？」

「あんな若造が……驚いたぜ」

「流れ者か？　だが、いくら高位の冒険者でも、あれほどのことが出来るのはS級冒険者ですら存在せんのではないか？」

俺の耳に野次馬どもの称賛や驚きの声が聞こえて来た。

（くそ、最悪だ）

ナンパ男を倒したどころではない騒ぎになっているのを自覚し、俺は盛大に舌打ちする。そして、そそくさとその場を後にしようとした。

顔を赤くしてリュシアが俺のことを見上げて来るがそれも無視して足早にその場を去る。

（くそ、さっさとこの場から撤退するとしよう。……ああ、そういえば、物陰からこちらを見ていた奴は……）

俺は買い物中に感じた気配を去り際に探ってみた。

だが、その気配はすでに掻き消え、発見することは出来なかったのである。

3．石鹸とホットケーキを作ろう

思いがけずオリハルコンの剣を粉砕してしまった俺は、なんとか人目を避けつつ孤児院に戻って来た。

「ふむ……」

俺は試しに近くにあった廃材を掴み上げ力を込めてみる。だが、うんともすんとも言わない。

(既に先ほどのスキルの効果は失われているようだな)

本当にどういうスキルなのか。

まあ分からないものをいつまでも考えていても無駄だろう。

それよりもと、俺は買ってきた日用品を孤児院に配置して行くことにした。

歯ブラシの代わりになる木の房や、布切れ、桶《おけ》や着替え、鍋や食器などをしかるべき場所へと並べて行く。

そんな作業をしているとリュシアから、

「ご主人様、これは何に使うんですか？」

と質問を受けた。

「ああ、それか」

俺はリュシアが指さすものを見て頷く。

それは今回俺が絶対に入手したかった品物のひとつ。

「重曹《じゅうそう》と、えっと、これは油……ですよね？」

彼女はそう言って、小さく首を傾げる。

「興味があるのか？」

俺がそう聞くと彼女はこくんと頷く。

世間話などをしてなれ合うつもりはないが、これについては話しておいた方が今後俺の役に立つだろう。そう判断し、面倒だと思いつつも説明を始める。

「石鹸《せっけん》という物を知っているかと、出かける前に聞いただろう？」

そう、買い物に出かける前に、俺は購入リストを作成した。その際にリュシアに石鹸の存在について確認したのだ。

平均的な日本人から言って、この異世界の衛生状態はお世辞にも良いとは言えない。俺は潔癖《けっぺき》症《しょう》ではないが毎日風呂に入るタイプだ。ゆえに石鹸の入手が急務だったのである。それにせっかく治療したリュシアが再度病気に罹《かか》ってはまた無駄な労力がかかる。子供は免疫力も低く、すぐに風邪をひく。看病など余計なことで手を煩《わずら》わされるのはご免だ。

だからリュシアには石鹸を使った手洗いや、毎日の入浴で汚れを落とすこと、それから衣服の洗濯を義務化する予定である。

……だが、あろうことか、この異世界には石鹸が存在しなかったのだ。買い物に出た際にも探してみたがやはり見当たらない。

だが、諦めるつもりはなかった。無いものをどうやって入手するのか？　答えは至極簡単だ。

そう無ければ作ればいい。

そこで俺は、石鹸の材料である重曹と油を買ってきたのだった。

幸いながら、どちらも天然の資源であるため、この世界でも普通に市販されていたのである。

「石鹸というのは汚れを取ってくれる魔法の品だとでも思っておけ。体を洗ったり、洗濯をしたり、掃除にも使える。作り方は重曹に油、水を混ぜ、温めれば完成する」

俺がそう言うと、リュシアは驚いた表情をして、

「ご主人様すごいです。何でも知っておられるんですね！」

俺はため息を吐き、

「ふん、単に知っている知識を披露しただけだ。大したことではない」

俺はそう言って首を横に振るのだが、

「そんなことありません！　知っていることをすぐにこうして実現されるなんてすごいことです。やっぱりご主人様はすごいです!!」

キラキラとした目を向けてくる。

「下らんことではしゃぐな。そんなことよりも、俺は石鹸を作るから……」

「お手伝いします!!」

俺の言葉が終わる前に、リュシアが声を上げた。

……ふん、まあ家事が一通り出来ることは確認済みだ。邪魔にさえならなければ殊更《ことさら》遠ざけるのも非合理だろう。

「いいだろう。だが、邪魔はするなよ」

俺がそういうと彼女は頷き、

「はい！　お任せください。石鹸で綺麗になってご主人様に気に入ってもらえる体になりますから！」

そう顔を赤らめながら見当違いの返事をする。

俺は彼女の反応を無視して広々とした厨房のかまどに一つ鍋をかけた。

水を沸騰させ、その中に買ってきた重曹を溶かす。そしてプツプツと出て来る泡が比較的小さくなったのを見計らって、油を少しずつ混ぜていった。

「そうすれば石鹸が出来るんですか？」

リュシアは気にした様子もなく、普通に声をかけてくる。

一体どうして俺に親し気にしてくるのか分からず困惑するが、それはともかく、石鹸作りは彼女にも覚えてもらった方が今後俺が楽になる。

仕方なく説明をしてやることにした。

「……ああ、そうだ。三十分くらいだったか。……おいリュシア、あまり混ぜている時は顔を近づけすぎるな。邪魔だ」

「ごめんなさい。あっ、本当ですね。混ざって、何だか粘《ねば》り気が出てきましたよ！　面白いです‼」

「ふん、まあまあだな。あと少し混ぜれば十分だ。その後は冷まして別の容器に移す。しばらくして完全に固まれば完成だ」

俺がそう言うと少女は微笑み、

「さすがご主人様です。勉強になりました。ありがとうございます」

そう丁寧に礼を言って来た。

「別にお前のために教えた訳じゃない。俺が楽をするためだ」

俺はそう返事をしてから、新たに鍋をもう一つのかまどにかけた。

「ご主人様、まだ石鹸をお作りになるんですか？」

リュシアが不思議そうな顔をして言う。

「そうじゃない。今からホットケーキというお菓子を作る。ちょうど重曹が余ったからな」

「へ？　ケーキ、ですか？　何で重曹が関係あるんです？」

彼女がポカンとした表情になる。

…………なるほど。この世界ではまだ重曹の性質がよく知られていない訳か。いや、今の会話だけで判断するのは軽率だろう。この世界で暮らさなくてはならない以上、俺はこの世界のことを正確に学ばなくてはならない。そうしなければ無様に野垂《のた》れ死ぬことになりかねないからだ。

他人との会話など煩わしいだけだが、今はこの少女から情報を引き出す必要があるだろう。

「リュシア、重曹と聞くと何を思い浮かべる？」

俺の質問に彼女は真剣な表情を浮かべた後、

「そうですね。奴隷の頃、お掃除で使っていました」

やはりそうか。

思った通り半分だけ正解だ。リュシアの答えた通り、重曹を使うと汚れがよく落ちる。俺も頻繁に使っていたからよく知っているのだ。

だが、完全な正解ではない。

「ふ、やはりこの世界では重曹の効果がよく理解されていないらしい。重曹にはケーキの生地を膨張させるふくらし粉の効果があるというのに」

俺が鼻で嗤うように言うとリュシアが、

「えっ、ふくらし粉!?　で、でも石鹸の素材なのに、食べても大丈夫なんでしょうか？」

そう驚きの表情を浮かべる。まあ無理もない。

「俺の世界でも、重曹がふくらし粉と同じ物だと知らない奴が多かった。だが、食べても問題はない。重曹と水があれば、あとは卵、牛乳、そして小麦でホットケーキが出来る」

俺がそう言うと、リュシアは驚いた面持ちで、

「本当に博識なんですね。何だか学者様みたいです!!」

そう言って俺の裾を掴む。

……ちっ、喋《しゃべ》りすぎたな。

「教師などという口だけの下らない存在と一緒にするな。不愉快だ」

俺はそう言いながら少女に背を向ける。

「あっ、ご、ごめんなさい……」

彼女の謝る声が聞こえた。だが、慰《なぐさ》めるつもりなどない。慕ってもらう気など毛頭ないからだ。

「ふん、俺に優しさなど期待するな。お前の面倒など見るつもりもない。せいぜい一日三度の飯と三時のおやつを与えてやるだけだ」

「……へ？」

リュシアの口から悲嘆の声が上がるが、俺はその声を非情にも無視する。

そうして俺はボールに素材を入れて生地の元を作ると、それをフライパンで焼き始めたのだった。

リュシアは呆然《ぼうぜん》とこちらを見上げている。

だが、俺の想定とは異なり、どうも悲しんでいる様子ではなかった。俺と目が合うと首を傾げ、

「えっと、聞き間違いかと思うのですが、そのホットケーキというのはご主人様自身が召し上がるものですよね？　何だか、私までご相伴《しょうばん》に預からせて頂けるように聞こえたのですが……。いえ、そんな訳ありませんよね！　すみません、孤児の身でこんなことを言い出して……」

と言ってきたのである。

今度は逆に俺がポカンとさせられてしまった。

「何を言っている。俺は甘いものは苦手だ。お前の分に決まっているだろう？　食事以外、お前の面倒をみるつもりなどないと言ったはずだ」

普通の家には三度の食事に加えて三時のおやつというルールがあると何かの書物に書いてあった。

無論、異世界に三時のおやつの文化があるのかは知らないが。

するとリュシアは驚きの表情を浮かべる。

「ご、ご主人様、私の様な奴隷上がりの孤児に、そこまでして頂く訳には参りません！　そんな孤児院、聞いたことがありません。命を救ってもらって優しくしてもらったばかりか、そのようなお金がかかりそうなケーキまで食べさせてもらっては罰が当たっちゃいます！　私なんて塩を混ぜたお湯で十分ですから!!」

そう言って、ブンブンと首を横に振ったのだった。

「黙れ。他の孤児院がどうか知らんが、ここは俺の孤児院だ。俺のいた世界のルールに従ってもらう。お前は俺の与える食事をせいぜいありがたがってれば良いんだ」

「で、でも、そんな事までして頂く訳には……」

「うるさいやつだ。黙らないならこうだ」

「ふわっ!?」

俺は反論させぬよう、彼女のケモ耳を撫でた。彼女の弱点が耳であることは出会った時に判明している。子供のダダに付き合うような趣味は俺にはない。無理やり反論を封じ込めてやった。

「院長の命令は黙って聞け？　分かったな？」

「そ、そんな……はぅぅ、わ、分かりました……」

リュシアは耳を撫でられて力が出ないらしい。反論しようにも呂律《ろれつ》がうまく回らないようだ。

「ご、ごひゅりんしゃま……」

俺に対する怒りのためか顔を真っ赤にして目を潤ませている。

だが、とにかく無理やり承諾《しょうだく》させてやった。いくら恨まれようが俺の胸は痛まない。せいぜい俺を内心罵倒するがいい。

……そんな下らないやりとりはあったが、とにかく俺たちは石鹸とホットケーキを並行して作って行った。

石鹸は二十分ほどでよく混ざったので、冷ましてから別の容器に移し替えた。数日寝かせておけば完璧に固まって完成するはずだ。

そして、ホットケーキも数分で生地の表面にぷつぷつと小さな気泡が出来てきた。それが現れては消えるのを確認しつつ、もういいだろうというタイミングでひっくり返す。

重曹は焦げ付きやすい。そのため、あまり加熱しすぎるとマズイ。取り扱いの難しい素材なのだ。

俺は親と疎遠だったため自炊していた。多少の料理なら出来る。

「……完成だ。リュシア、皿を持ってこい」

俺は彼女の持ってきた皿に出来立てのホットケーキを乗せると、それをリュシアの目の前に置いた。買って来たハチミツを垂らす。甘い香りが広がった。

「じゅ、じゅるり……。お、美味しそう……、で、でもこんなものを頂く訳には……」

と、リュシアは食べようとしない。

「まあ無理にとは言わないがな。お前が食べないのならば捨てるだけだ」

「そ、そんなのはダメです！」

俺の言葉に少女は慌てた様子で一切れ口に運ぶ。

と、ホットケーキを口に入れた途端、彼女の耳と尻尾《しっぽ》がピンッと天井を向いた。そして、しばらく固まっていたかと思うと、次の瞬間には耳をだらしなくしなだれさせ、尻尾をブンブンと振り始めたのである。

「ご、ご主人様、このホットケーキってお菓子、本当に美味しいです！　こ、こんなに美味しいもの食べたことありません!!」

そんなことを言いながら、恍惚《こうこつ》の表情で夢中で食べ始めた。

「大げさな奴だ」

俺は呆れながらも味見のために一口食べてみる。

……やはり甘い。俺の舌には合わないな。

一方のリュシアは興奮冷めやらぬのか、

「ご主人様は何でも知っておられるのに、その上、お料理も物凄く上手なんですね!!　本当にすごいです!!　まるでプロの料理人みたいです!!」

などと一人盛り上がっている。

俺はただ肩をすくめる。

するとリュシアは、

「もう……」

と苦笑するのであった。

「下らないことを言っていないでさっさと食べろ。まだ沢山生地は余っている。お前が食べないなら捨てるだけだ。それだともったいない」

俺はそう言って少女をたきつける。彼女は目を白黒させながら、どんどん口にフォークを運んだ。

「美味しい、美味しいです!!」

リュシアの口から料理への感想が漏れる。

「ふん、そうか」

味などどうでも良い。料理など食えればそれでよいのだから。美味い、不味いなど二の次である。

しかし、その時の俺は妙な感慨を覚えた。

それが何によるものなのか、最初は分からない。

だが、しばらくして思い至った。

（他人に料理を振る舞って、感想を聞いたのは初めてだ）

あろうことか俺は自分の料理の感想を聞くことに若干の戸惑いを覚えているようであった。

俺はそんな自分の心理に困惑する。

「ご主人様？」

リュシアが戸惑う俺の様子を見て取り言葉をかけてくるが、俺は視線をそらし、以降黙り込む。

彼女はそんな俺を不思議そうに見た後、残りのホットケーキを口に運んだのである。

4．孤児院の特産物を作ろう

さて翌日、俺は朝から一人、テーブルでウンウンと唸っていた。

「ど、どうかされたのですか、ご主人様!?　お体の具合でも悪いんですか!?」

リュシアが心配だとでも言うように声をかけてくる。

「勘違いするな。別に体調が悪い訳じゃない」

俺は不機嫌そうな声で言う。集中を邪魔されたからだ。

……まぁ隠していてもすぐに分かることだ。それに子供だからと言って優しくするつもりもない。現実を理解させてやろう。

「このルーナ孤児院の予算は少ない。ワルムズ王から渡された資金はひと月もすれば底をついてしまう。だが、座して死を待つつもりはない。寄付を募るために頭を下げるなど死んでもご免だ。よって、俺は何か商品を作って売り出すことにした。今はそのためのアイデアを練っていた所だ」

「わ、私が昨日ホットケーキを食べすぎたからなんですね っ……!?」

リュシアが泣きそうな顔をする。

俺は頭痛がするような気がした。

「馬鹿を言うな。俺が悩んでいるのは、収入源を作らないと孤児院が破産してしまうかもしれないという高次の問題だ。お前の様な子供が気にするような話ではない」

リュシアの不安そうだった顔がパッと明るくなった。

だが、すぐに真剣な表情に変わる。

「そういうことだったんですね……。確かに余裕のある内に対策を講じないとですね。さすがご主人様です。商品開発、私もお手伝いします!!……でも、どうしたらいいんでしょうか。商品を考えるにしても、何から考えたらよいのか」

そう言って少女が途方に暮れた顔をする。まったく百面相のような女だ。

「お前に期待などしていない。俺の考えたアイデアが無数にある」

俺はそう言って、木版に書いたリストを見せる。

そこには、絵本、パズル、チェス、将棋、めんこ、こま、凧、うちわ、といったものが列挙されていた。

どういったものかも、簡単に絵付きで説明してある。

「こ、こんなに沢山⁉」

リュシアが驚嘆して大きな声を上げた。

「おい、少し反応が大げさすぎるぞ。もう少し静かにしろ」

しかし、彼女は本当にビックリしているようで、

「すごいです！　これだけのアイデアをたった一晩で考えられたなんて！」

そう言って、尊敬の眼差しを俺へと向けてくる。

「元の世界での娯楽だ。俺の成果などではない。勘違いするな」

だが、その言葉に少女は更に驚いたようだ。

「いいえ、それでも凄すぎます……。確かにご主人様のいらっしゃったという異世界の商品なのかもしれませんが、この世界で流行《はや》りそうなものがピックアップされてます。たとえ他の方がご主人様と同じような境遇になってもこうは行きませんよ！」

俺は大きなため息を吐く。

最近分かってきたが、このリュシアという少女はなかなか頑固だ。いくら否定しても引き下がらない。今もきらきらした目で俺を見つめている。

「そんなことはどうでもいい。とにかく俺が商品開発に忙しいことは理解出来ただろう？　だから俺の邪魔にならないよう遊びにでも……」

「お手伝いします‼」

俺の言葉が終わるのを待たず、彼女はウキウキとした表情で返事をした。なぜこうも俺にベタベタとして来るのだろうか。うっとうしい限りだ。

が、リュシアに手伝ってもらえば作業がかなり楽になるのも確かだ。

手先が器用なことは既に承知している。

なれ合うつもりはないが、この異世界で生き抜くのであれば感情的な好悪は無視するべきだ。ならば彼女の申し出をあえて拒否する合理的な理由はない。

俺は苦々しい気持ちを抑えつつ、

「いいだろう。勝手にするがいい」

すると彼女はニコリと微笑んだ後、

「嬉しいです、ご主人様‼」

と元気よく返事をするのであった。


「さて、とりあえずアイデアは沢山あるがいっぺんには出来ない。だから一つずつやって行くことにする。まず絵本からだ。これは物語に絵をつけたもので、文字が分からなくても、絵を見るだけでストーリーが分かるというのが売りだ。子供でも読める」

「確かに字が読めない人は多いです。それに絵本なら、読み聞かせにも使える上に、子供の字の勉強にもなりますね。すごい、これは画期的ですよ！　貴族様たちだって買うかもしれません‼」

リュシアが興奮してそう言う。

だが、俺はそっけなく首を振り、

「そんなに上手くいくなら苦労はない。問題は紙だ。この国では紙がただ同然で手に入ったりするのか？」

俺の指摘にリュシアは「あっ⁉」と言い、

「そ、そうでした。紙はとても高価で……。私たち庶民や、ましてや孤児に手が出せる代物ではありません。すごいアイデアなのに残念すぎます」

そう口にしてがっかりした表情を浮かべるのであった。

だが俺はまたしても首を横に振る。

「はあ、待て待て。俺は問題提起をしただけで、諦めるとは言っていない。少しは頭を使ったらどうだ？」

俺の言葉に少女はポカンとした表情を見せた。

「えっ？　で、でも紙が高価な以上、他に手は……」

「やれやれ、石鹸のことをもう忘れたのか？　無ければ俺たちで作れば済む話だろう？」

リュシアが目を見開いた。

「そ、そんな……。私たちに紙を作り出すことが出来るんですか？」

「まあな。原始的な方法だが、不可能ではない」

「すごい、まさか紙を作りだすなんてっ!?　そんなこと考えつきもしなかったです。さすがご主人様です!!」

俺は肩をすくめる。

「はしゃぎすぎだぞ。俺は早速準備を始めるが、お前も手伝いたいなら勝手にするといい」

そう言うとリュシアは勢いよく頷いたのであった。

俺たちは紙作りのために裏庭へと出た。

ルーナ孤児院の庭は広々としているが、手入れも何もされていないため雑草が好き放題伸びている。

だが、今回はその雑草が役に立つ。

「とりあえずコイツで試してみるか……」

俺は呟きながら適当な草を選んで茎《くき》を切る。

「ま、まさか、雑草から紙が作れるんですか!?」

「ああ」

「すごいです。そんなものから紙が出来るなんて……」

「植物の茎を薄く切って交差させ、そこに数日重石を乗せておく。それだけだ。俺のいた世界の一番原始的な紙の作り方だな。ただし、この植物でうまく行くかは分からない。色々な種類で試し良かったものを使う」

俺の言葉にリュシアは感動したかのような声を上げた。

「はー、本当に凄すぎです……。この国では動物の皮を職人がなめして紙を作っています。でも、物凄く労力がかかるし、生産出来る数も限られていると聞きました。ですから、紙はとても貴重なんです」

なるほどな。

「羊皮紙《ようひし》か。あれは羊の数に依存する、と習った。紙を量産するなら賢い方法ではない。もしかすると、俺が今やろうとしてる方法よりも原始的かもしれん」

リュシアは俺の言葉に、

「そうなんですね。は〜、それにしても茎から紙を作るなんて……本当に画期的なことですよ!! もはや生産の革命です!!　みんなご主人様の真似をすれば良いのに……」

「ふん、俺のような人間がもう一人いるなど冗談ではない。鬱陶《うっとう》しくてかなわん」

俺の言葉にリュシアが困ったように微笑んだ。

そんな調子で十種類以上の雑草の茎を集めた。

俺はそれを短冊状に薄く切って行く。

「……これで最後だ。あとは少し重い石を一週間乗せておけ」

「そうすれば紙になっちゃうなんて、まるで夢みたいです。すごいです！」

そう簡単に行くとは限らんがな。まあいい。

「むしろ紙が出来てからが本番だぞ」

「そ、そうでした。絵や文字を書いて絵本を作るんですもんね！　でも一体何を書けばいいんでしょう？　わたし、物語を考えるなんて出来ませんし……」

そう言って耳をヘナっとさせた。

「またナンセンスなことを……。別に頭を使う必要はない」

俺の言葉にリュシアが首を傾げる。

「どういうことですか？」

「無理にひねった物語ほど痛々しいものはない。それに、お前に物語を作る才能など期待していない。この世界にも伝説や歴史があるだろう？　それをそのまま書けばいいんだ」

俺の言葉にリュシアは耳をピンと立たせ、

「!?　なるほど、難しくひねる必要はないんですね！　さすがご主人様です。その方が身近で受け入れられやすいかもしれません。それに、幾らでも題材がありますよ。ほとんど労力はかかりません!!」

彼女は目から鱗《うろこ》といった具合で言った。

「あとは絵だが……そうだな……」

俺はとりあえず木版に簡単な絵を描いてみる。

それはドラゴンに向かって剣をふるう勇者の絵、という子供がいかにも好きそうなシーンの絵だ。

それをたちまち描いて見せた。

もちろん俺に絵心などない。

何が描いてあるか分かる程度のデフォルメチックないい加減なものだ。

だが、その絵を見てリュシアは息をのみ、

「こ、これ、とてもうまく特徴を捉えて描いてあります。見たことないタイプの絵ですけど、でも何をやってるのか分かります。すごく上手な絵ですね!!」

興奮した様子で言う。

「世辞などいらん。これは単に事例として描いてみただけだ。あくまでイメージとして……」

だが、リュシアはぶんぶんと首を横に振り、

「とんでもないですよ！　今まで見たことのある絵とは全然違いますけど……でも、とても身近に感じるスゴイ絵です!!　特徴が捉えられていて何が描いてあるのかよく分かりますし、それに何だか可愛いですよね？　はぁ、ご主人様ってこういう芸術方面にも才能がおありなんですね」

そう言って無駄に熱のこもった視線を俺に向けて来るのであった。

どうやら漫画チックだったのが逆に受けているようだ。子供にとっては精緻《せいち》な絵よりも受け入れやすいのだろう。

俺はその視線を鬱陶しく思いながらも、

「大したことではない。ちなみにこれはまだ一枚の絵にすぎないが、本来はこうした絵が何ページにも渡ることになる。例えば一ページ目でドラゴンに向かっていった勇者が、二ページ目でドラゴンを倒すという具合だ。そうすることでストーリーになる」

俺の説明にリュシアが「わぁ！」とキラキラとした表情を浮かべた。

「私は大商人の奴隷でしたので色々な商品を見て来ましたが……ご主人様の作られた絵本ほどワクワクする商品は初めてです!!　きっと凄く売れますよ!!」

ほう、そうか。

日ごろはベタベタして来て鬱陶しいだけだが、奴隷時代に培った才能まで否定するつもりはない。

こいつがそこまで言うなら多少の光明はあるのかもしれない。

と、そんな感慨にふけっていた時である。

「おおい、誰かいるか！」

そんな来客を告げる声が玄関から響いてきたのだった。

5. A級冒険者とのバトル

「冒険者ギルドでギルドマスターをやっているドランだ。こいつは護衛のゴズズ。A級冒険者だ」

俺が玄関の扉を開けると、そこに立っていたのは禿《は》げ頭の筋骨隆々《きんこつりゅうりゅう》とした親父と、神経質そうな雰囲気を持つマント姿の剣士であった。

ギルドマスター。その肩書は社会からあぶれた乱暴者……もとい冒険者たちの稼業を取り仕切る組織のトップということを示している。

「何でまた急にギルドマスターが孤児院に？」

そんな疑問を口にする。

ちなみに俺は敬語が使えない訳ではない。アルバイトで必要だったから必死で覚えたのだ。

ドランに対し、こちらも簡単に自己紹介する。

だが疑問は尽きない。一体何の用だろうか？

とりあえず客室へ通した。不安そうにリュシアが俺を見上げてくるが無視する。

ドランがソファに座る。そして開口一番、

「率直に言おう。ぜひ冒険者ギルドに入ってくれないか。この通りだ！」

いきなり頭を下げたのであった。

そう言われても、俺はポカンとするばかりだ。

「それはまた突然ですが、一体どういう訳でしょうか？　いきなりそう言われても困るんですが」

俺が困惑気味にそう言うと、「ああ、そりゃそうだ！」とドランは豪快に笑った。

なかなか豪放磊落《ごうほうらいらく》な男のようだ。

だが一方のゴズズは何やら不快そうな視線を俺へと向けている。何なんだ？

「いや、すまなかった。一から事情を説明させてもらおう。昨日、冒険者同士のイザコザがあったのは知っているだろう？　当然だな、マサツグ君はその場に居合わせたんだから。そうだ、その時に、君は信じられないことに、オリハルコン製の剣を消滅させたというじゃないか!!　その報告が今朝、俺の元に届いたんだ。驚いたよ。もし、それが本当だとすれば、君の実力はA、いやもしかしたらS級冒険者にすら匹敵するかもしれない。今はこんな世の中で、少しでも実力のある冒険者を必要としている。だから頼む！　ぜひ、冒険者登録をしてくれないか？　君の様な力ある若者がギルドには必要なんだ。登録してもらえれば、それだけで謝礼を出してもいいと考えている!!」

なるほど、どうやらギルドへの勧誘だったようだ。しかもかなり熱心な。

だが冒険者などごろつきと同じだ。いつ命を落とすかも分からない。その甚大なリスクを考えれば軽率な判断はすべきではない。それに、いちおうだが孤児院のこともある。未練など無いが、やりかけたばかりのことを投げ出すのは気持ちが悪い。

俺は首を横に振る。

「申し訳ないですが、俺はここで孤児院を経営しなくてはなりませんから」

「そこを何とか頼む！　ああ、ならば常にとは言わない。どうだろうか、年に一度だけでも良い。

依頼を受けてくれないか。謝礼だって依頼主からだけでなく、ギルドからも支払おう」

……どうやら相当、俺のことを買っているようだ。

破格な条件を追加してくる。

少し行き過ぎようの様な気もするが、恐らくオリハルコン製の武器を破壊したという事実があるからだろう。この世界に来たばかりで詳しいことは知らないが、あの時の周囲の野次馬どもの反応から推《お》し量《はか》れば、およそありえない出来事だったに違いない。

事実、ドランは知らないことだが、俺の『守る』は一億年に一人いるかいないかというレアスキルだ。それだけの価値は客観的に言ってある。

……いや、こいつは冒険者ギルドのマスターだ。言わばやさぐれ者たちのトップであり、凡庸な人間では務まらない要職者である。もしかすると独自の嗅覚で俺の潜在能力を見抜いているのかもしれなかった。

だが、やはり冒険者になるという選択肢はない。

『守る』の全容が俺自身掴み切れていないからだ。

オリハルコンの一件で即座に俺の潜在能力を見抜いたこのドランという男は抜け目のない有能な男だとは思うが、残念ながら現時点で冒険者ギルドに所属するのはリスクが大きすぎるだろう。

と、その時、俺は腕を力強く掴まれた。

「いきなりなんだ？　今、大切な話をしているんだぞ？　さっさと腕を放せ」

だが、そいつはフルフルと首を横に振り、俺の言葉を拒否した。そして、まるで引き留めるように俺の腕にすがりついたのだ。

そう、それは孤児のリュシアであった。

彼女は俺を見上げ、いやいやと首を振る。

その瞳は涙を浮かべ、明らかに俺に冒険者ギルドへ行って欲しくないと訴えていた。恐らく、自分が捨てられるとでも思っているのだろう。

だが、彼女は首を横に振るばかりで、俺に出ていって欲しくないとは一言も口にしようとはしない。捨てられれば大商人の元に戻るか、路頭に迷うしかない。ならば、声を大にして「出ていって欲しくない」と主張すればいいのにだ。

（だというのに、なぜ黙っている？）

どうして自分の利益を優先しようとしないのか。俺は彼女の不合理な態度が理解出来ず困惑する。

と、その時、縋《すが》り付く彼女の姿が一瞬、過去の自分と重なった。

喧嘩する両親、出て行こうとする母、アルコールにおぼれて暴力を日常的に振るうようになった父。そんな崩壊していく家族を前に怯えることしか出来ず、何も言えなかった自分とだ。

（俺と似ているのか……）

ふとそう思う。

リュシアもまた世間に虐げられ、何も頼る者がない状態で独り生きて来たのだ。とても自分の意見など口にすることなど出来ない環境でずっと。

俺の口は自然と動いていた。

「何と言われても断ります。すでに孤児もいるので投げ出すことは出来ません」

「うーむ、なるほど。ならば仕方あるまい。いや、突然すまなかったな」

ドランは残念そうな顔をするが、それ以上は無理強いをしようとはせず話の矛《ほこ》を収めようとする。

リュシアは驚いた表情をした後、一転して笑顔になり、俺の腕にぐりぐりと頭をこすりつけて来た。

「ふん、相変わらず鬱陶しい奴だ」

さあ、これで一件落着……かと思いきや、これまで黙っていた護衛のゴズズが、突然唇を歪めて叫んだ。

「これほどドラン様が頼んでいるというのに、孤児院の院長風情がそれを断るとはどういうつもりだ！」

……やれやれ、どうやら馬鹿が一人混じっていたようだな。

「どういうつもりも何も、冒険者登録をするつもりはないと言っているだけだが？」

こんな奴には敬語も不要だろう。

「!? 身の程知らずが!! お前ごときガキが何を偉そうに……」

だが、ゴズズの言葉が最後まで紡がれることはなかった。

ドランの怒声がそれをかき消したからである。

「ゴズズ、下がらんか！ マサツグ君の優しさや、心の広さが分からんのか!! だから貴様はいつまでたってもS級になれんのだぞ!!」

「な、なんですって。こんなガキに何が……」

「馬鹿めが！　お前などより、マサツグ君の方が強いのだ。そんなことも理解出来ておらんのか‼」

その言葉を聞いて、ゴズズが顔を真っ赤にして反論する。

「そ、そんな訳がありません！　私はいずれS級にもなれると言われる程の剣士ですぞ⁉　こ、このような者に負ける訳がない！」

そう耳障りな大声で絶叫したかと思うと、よほど腹に据えかねたのであろう。背負っていた大剣を、なんとギルドマスターの前にもかかわらず抜き放ったのである。

「ど、どうだ‼　俺はこれほどの大剣を自由自在に使いこなすことが出来るのだ‼　許しを請うのなら今の内だぞ⁉」

そう言って俺に切っ先を突きつけ、今にも斬りかかってきそうな気配を放つ。

ふむ……。俺は少し考えてから、ある実験を行う。

「どうした！　怖気づいたか‼　やはりオリハルコンの剣を消滅させたというのは、単なる噂に過ぎなかったようだな‼　わははははは‼」

相手はいい気になって嗤うのみ。どうやらこの馬鹿には気づかれなかったようだ。

ならば、問題ない。

「……馬鹿が。弱い犬程よく吠えるというが、本当だな。ゴズズだったか？　お前の様な滑稽《こっけい》な負け犬が俺に挑むなど冗談にもならん。さっさと出ていけ」

俺はそう言って、玄関を指さす。

が、ゴズズは俺に何を言われたのか理解出来なかったらしい。ポカンと間抜けな表情をさらす。

「ふ、出て行かないというのなら、俺が叩き出してやろうか？　恥をかきたくなければ、自分の足で歩くがいい」

一拍遅れて、

「き、貴様ぁぁぁあああああああああああああ!!　お、表に出ろ!!　果し合いだ!!」

最初からそう言っているだろうが。

俺は相手を鼻で嗤いながら外に先導するように悠々と歩き始める。

「ご、ご主人様」

「くだらん心配など不要だ」

俺はリュシアにそうぴしゃりと言った。

孤児院の玄関を出た先は広い庭になっている。

するとゴズズが、

「ふふふ、今までのことを謝罪し、許しを請うのならば、考えてやってもいいぞ？」

突然そんな言葉を口にした。

何だいきなり？　頭がおかしくなったのか？　いや、それは初めからか。

「くっくっくっ、分かっているぞ。お前は今ひどく焦っている。何とか時間を稼ごうと必死だ。お、お前のような若造が将来S級になることを嘱望《しょくぼう》されているこのゴズズ様にかなうはずがないのだからなあ！」

そう叫ぶように言うと、病的な表情でにやりと口元を歪める。

どうやら、俺が外に誘導したことを時間稼ぎだと思っているようだ。

俺は呆れて、何も答えず軽蔑の眼差しを送る。

ゴズズはその無言を俺が怯えているからだと思ったようだ。

「はーはっはっは、だが、今更謝っても遅いぞ！　この天才剣士であるゴズズ様をコケにした罪は万死に値する！　オリハルコンを消滅させたという報告もでっち上げに決まっている。俺にすら不可能なことがお前に出来る訳がないのだからなあ！」

そう言って更に笑みを深めた。

やはり俺は何も言わない。

「ふん、震えて悲鳴すら上げることすら出来んとはな！　失望したぞ！　くくく、お前の様な軟弱な男にはもったない技だが……冥士の土産に見せてやろう！」

ゴズズは絶叫すると同時に大剣を振り上げる。

バチバチと刃が帯電し、空気を震撼させた。

「選ばれし剣士にしか扱えない絶命奥義だ！　ひひひい、喰らえ！　奥義!!　雷冥爆裂刃《らいめいばくれつじん》!!」

奴はそれを容赦なく俺に向かって振り下ろす！

瞬間、ドオオオオオオオオオオオオオオオン……!!

空気を引き絞るような裂帛《れっぱく》の破裂音が鳴り響き、煙がもうもうと立ち上がった。

「ぎ、ぎゃーっはっはっはっは!!　み、見たか俺の力を!!　この俺様をっ……こ、このゴズズ様を舐めるとどうなるか思い知り……あ、あれ？」

だが、奥義とやらを放った奴の口から間抜けな声が上がった。

当然だろう。

なぜなら、ゴズズ自慢の大剣が跡形もなく消え去ってしまっていたのだから。

「お、俺の剣が⁉　ど、どうして⁉」

驚愕の表情を浮かべたゴズズに向かって、俺は淡々と告げる。

「オリハルコンを消滅させられる俺が、お前のヤワな剣を消滅させられない訳がないだろう？」

そう、俺はオリハルコンを消滅させたのと同じ技をもう一度繰り出したのだ。一度使用した技を再度使えない道理はない。

「そ、そんな⁉　じゃ、じゃあ噂は……」

俺はフンと鼻を鳴らす。

するとゴズズは俺の方を怯えた目で見て、

「ひ、ひいいいいぃいいぃいい」

と情けない声を上げ腰を抜かしたのである。

どうやら戦意を喪失したらしい。

俺は肩の力を抜く。

『守る』スキルが発動していることは、実は孤児院の中で確認していた。

単に高速で移動し、相手の後ろを取って、それから自分の位置に戻るという行動をしただけだが。

相手に全く気づかれなかったため、戦ってもまず負ける可能性はないと判断した訳だ。

（……それにしても不思議なスキルだ。強力なのは良いが発動条件が今一つ不明なのが気になる。俺に危害を加えようと輩がいると発動するということなのだろうか？）

それも少し違うような気がするのだが……。そんなことを考えながら、ドランへと向き直る。

「礼儀もなっていない人達に話すことはありません。冒険者ギルドへの登録の件はやはり断るしかないですね」

俺はそう言って立ち去ろうとする。

直後、ドランからゴズズへの怒声が響き渡った。

「ゴズズ!!　てめえこの馬鹿野郎が！　俺に恥をかかせやがって!!」

「わ、私はただ良かれと思って……」

「良かれだと!?　実力差も理解出来ねえ無能が!!　お前は首だ！　ギルドからも除名する。二度とその顔を見せるな!!」

「そ、そんな！　一年もお仕えしてきたのに!?」

「お前みたいな無能な役立たずはもういらん!!」

「ひいいいいいい、お、お許しを！」

「黙れ!!」

ドランは叫ぶと、その筋骨隆々の腕でボディーブローを放つ。

「ぐげえ！」という叫び声とともにゴズズが白目を剥いてその場で倒れた。

このギルドマスター自身も相当の実力を持っているらしいな。仮にもA級冒険者を一撃でのしてしまうのだから。まあ、どうでもいいことだが。

「もう行っていいですね？　孤児院の運営の準備に色々と忙しい身なので」

俺がそう言うと、ドランは焦った様子で口を開く。

「ほ、本当に馬鹿な部下が無礼なことをしてしまった。お詫びがしたい。本当に申し訳なかった」

そう言って深々と頭を下げた。

「別に済んだことです。おっしゃる通り馬鹿のやったことだ。どうか頭を上げてください。そもそもギルドマスターともあろう人が、俺の様なガキに頭を下げると色々都合が悪いんじゃないですか？」

「マサツグ君の力は本物だ。今のゴズズとの戦いで確信した。……いや、計り知れなったから理解出来なかったというべきかもしれんが……。いずれにしろ、頭を下げる価値が十分にあることは明らかだ」

やれやれ、その気持ちとやらは分かったから頼むから頭を上げてくれ。

現に今も、俺に向かって頭を下げるドランの様子を、門の外から通行人がチラチラと見ているのだ。俺は目立ちたくないのだ。

「分かりましたし、謝罪も受け取りましょう。だから、お願いですから頭を上げてくれませんか。目立って仕方ありません。……それに、やはり冒険者になるつもりもありませんしね」

「あ、ああ。それは分かった。部下が失礼なことをしてしまったし、これ以上無理を言う気はさらさらない。だが、なんとか……、そう、冒険者としてでなくてもいい。依頼も受けてもらわなくても構わない。ただ、もしも偶然、マサツグ君の予定が空いていて冒険者ギルドからの依頼内容が君の意向に沿うようなら、少しで良いから協力を検討してくれないか？　それだけならどうだろう？　もちろん、報酬も多めに出すし、待遇も最高級のものにする。それだけでも何とか了解してくれないだろうか？」

……ちっ。なまじゴズズとの戦闘で実力を見せてしまったために、当初よりもむしろ勧誘の熱が上がっている。条件が更に上方修正されてしまった。

「はぁ……。それにしたって、どうして俺の力をそれほど必要としているんですか？　やや性急すぎませんか？」

俺がそう言うと、ドランは深く頷く。

「うむ、君の言う通りだ。さすが、マサツグ君に隠し事は出来ないらしい。実は隣国のバルク帝国の動きが近頃きな臭い。一年前も突如侵攻しエルフの森を焼き払ったという事実もある。それにより統治していたエルフの王族の係累《けいるい》は死に絶えたそうだ。……ああ、王女が一人、逃げることに成功したという噂もあるが、何とも……。それに加えて魔族との戦いも苛烈《かれつ》さを増すばかりだしな。そんな情勢だから少しでも実力のある冒険者の手が必要なんだよ」

なるほどな。より優秀な人材が、喉から手が出るほど欲しいと言う訳か。

……だとすると今回断ったとしても今後たびたび勧誘に来そうだな。そう何度も来られてはかなわん。

これ以上ややこしくなる前に、適当な所で手打ちをしておいた方がよさそうだ。

「はあ、了解しました。おっしゃった内容は考えておきましょう。ただし、孤児院が優先ですが」

「!? あ、ありがとう、ありがとう！　無理を聞いてくれて」

「ご主人様、とっても懐が深くて、お優しいです」

リュシアもこの程度なら構わないらしい。まあ、こんな所だろう。

そんなことを思っていると、ドランが突然、

「おお、そういえば孤児院を経営してるんだったな。どうだろう、少し支援をさせて欲しいんだが
……」

と、寄付の申し出をしてきたのである。

家計は火の車だ。受けるべきだと頭の片隅で思うが、

「いえ、お断りします。自分で何とかしますので」

俺はきっぱりと断る。誰かに借りを作るつもりはない。頭を下げるなどまっぴらだ。

だがドランは焦った様子で、

「ああ、違う違う！　支援ではなく、部下の迷惑料だと思ってくれ！」

そう言って懐から金袋を取り出す。

どちらでも大した違いはない。俺は再度断ろうと口を開きかける。

だが、俺の話を聞く前に、ドランは無理やり袋を押し付けてきた。

そして、気を失っている部下のゴズを怒鳴りつけ、蹴り倒しながら、

「馬鹿野郎、早く立て！　いつまで恥をかかせるつもりだ、この無能が！」

「ひぃぃ!!」

そう言って、足早に去ろうとする。

俺が「お、おい！」と呼び止めるが、聞こえないのかそのまま行ってしまった。

やれやれ、困ったな。俺は溜め息を吐く。

まあ、迷惑料ならば仕方あるまい。王からもらったのと同じだ。使ってやるとしよう。本意ではないが、ドランなりの誠意なのは間違いないのだから。

俺はそんなことを思いながら袋から貨幣を取り出す。

リュシアがそれを見て驚きの声を上げた。

「こ、これはかなりの額ですよ!?」

「白貨が二枚、金貨百枚、銀貨が……千枚か。四百万ギエルあるな」

「は〜、すごいです。きっとご主人様じゃなければ、これほどの大金を出そうとはしなかったでしょう」

「たまたまだろう。もしくは俺の人徳かもしれんな」

すると、なぜかリュシアは俺の顔をまじまじと見た後、

「ふふ、そうですね♪」

と嬉しそうな表情で微笑むのであった。なぜそんな表情をするのかは分からない。

まあ、そんなことはどうでもいいか。

それにしてもドランめ、どうしても俺をつなぎとめておきたかったのだろう。だからこその大金

だ。

結果から見れば、ギルドマスターのいいようにやられてしまったな。

と、そんなことを考えていた時である。

「ちょっと邪魔するぜ」

またしても来訪を告げる乱暴な声が門の方から聞こえて来たのである。

……だが、口調の粗暴さとは裏腹に、その声はどう聞いても少女特有の澄んだものだったのである。

6．二人目の孤児の少女

「今の戦い見せてもらったぜ。あんた……なかなかの腕前のようだ」

暗く沈んだ声色でその声は続けた。

全身を覆《おお》うようなフード付きマントはぼろぼろで全体的に汚れている。

すっぽりと頭からかぶった衣服のせいで表情は見えず、体格もよく分からない。身長はリュシアと同じ程度だ。

ただ、この気配には覚えがあった。昨日、リュシアとともに外出した際、物陰からこちらを窺っていたものと同じだ。

「お前は確か以前も俺のことをこっそりと見張っていた奴だな？　一体何のつもりだ？」

俺は警戒しながら言う。

「ふん、気づいてたか」

そう言って、フードを取った。

どんな化け物が出るかと身構えるが、現れたのはリュシアと同じくらいの年齢の、幼げな少女であった。

金色に輝く髪をサイドテールにし、特徴的な長くとがった耳と、少し吊り上がった瞳を持っている。

だが今はその金髪はほつれ、くすみ、白い肌はところどころ切り傷や泥にまみれていた。

まるで浮浪者かと見まがうばかりだ。

「あたしはエリン。エルフの森の元王女だ」

そう少女は名乗る。

俺は思わず鼻で嗤った。

「もっとマシな嘘を吐くんだな。お前の様な王女がいるものか。物乞いか詐欺か知らんが、笑えない冗談はよすがいい」

そう言って踵《きびす》を返そうとする。戯言《ざれごと》にかまっている暇はない。だが、

「へ、違いない。国を失った私は、あんたが言う通り物乞いと変わりねえ」

その言葉にドランの言葉を思い出す。

「……ほう、確かバルク帝国に滅ぼされたと聞いたが」

と、俺の言葉に無表情であったエリンの顔に憎悪の感情が浮かんだ。ギリッと唇を噛む。

「知っていやがったか……。その通りさ、あたしの国は一年前バルク帝国に襲われ、焼き払われたっ……！　あたしはその復讐をする!!　この手でお父様、お母様の仇《かたき》を討つんだ!!」

そう叫んでぜえぜえと息を切らす。

だが、俺の内心は冷めたものだ。

「……ふん、勝手にすればいいだろう？　俺の知ったことではない。さっきも言ったが、ここは単なる孤児院だ。お前の復讐を手伝う傭兵屋《ようへいや》ではない」

出口はあちらだとばかりに指さす。

だが、元王女は冷笑を浮かべると、

「誰も手伝えだなんて頼んじゃいない。これはあたしの復讐だ。誰にも手伝わせるつもりはねえ」

そう言って昏《くら》い瞳を見せる。

復讐に燃える天涯孤独のエルフの姫、ね。

「ならばやはり行先が違うだろう。お前のことなどどうでもいいが一つ忠告しておいてやる。この国に保護でも求めるんだな。亡国の姫ともなれば手荒には扱われまい？」

さっさと厄介ごとを遠ざけるべく提案する。

「へ、手荒ね。さあて、籠の中にしまい込まれて、二度とお天道様の下を歩けなくされるのとどっちがいいのかねえ……。亡国の姫なんざ、政治屋どものおもちゃにされるだけだ。そんな分の悪い賭けをするやつは余程の間抜けだ」

「ふん、だがベットで出来るカードがないのなら選ぶ余地はない。お姫様のわがままはほどほどにしておくんだな」

「カードならあるさ。いいや、見つけたんだ」

彼女はそういうと初めてこちらの目を真っ直ぐに見つめてくる。

ちっ、嫌な予感がする。

「何にせよ、俺の知ったことではない」

「へ、冷たいことを言う。あんたが言ったんだぜ？　ここは孤児院なんだろ？　なら、あたしだってここにいてもいいだろう？」

何せ親どころか一族郎党皆殺しにされたんだから、と続ける。

「馬鹿な。どうしてこんな廃墟に住みたがる？」

「マサツグ、分かってるだろ？　カードってのはあんただ。あんたの近くにいるのが一番利口だと思ったんだよ。見たぜ、街で物騒な力を発揮している所を。復讐の手伝いをしろとは言わねえ。だが、あたしが復讐を成し遂げる力を得るために利用させてもらう」

こいつ、俺の名前を……。

やはり街で目立ってしまったのは痛恨だった。こうした疫病神にたちまち目をつけられる！

リュシアが俺の腕をぎゅっと抱きしめた。鬱陶しいが振りほどいている暇はない。

「ふん、誰がこの孤児院に住むかは院長である俺が決めることだ。お前を住まわせても俺に何の得もない。エリン、お前を受け入れるつもりはない」

だが、その言葉を聞いても、エリンは引き下がらない。

「そう来ると思ったぜ。逃亡生活で一年以上、泥水をすすってりゃ、世の中の仕組みも分かるってもんだ。悲しいかな、あたしにはやれるものなんて一つしかないんでな。へ、マサツグ、あたしの体を好きにするがいいさ。ハイエルフの初物だぞ？　しかも元お姫様だ。市場に出せば億の金が動くくれえだ」

そう嗤いながらパサリと服を脱ぐ。

美しい裸体が空気にさらされた。

俺は大きく舌打ちをする。

そして急いで彼女を担ぎ上げると、孤児院の中へと担《かつ》ぎ込んだのである。

「なんのつもりだ！」

耳元で抗議の声が聞こえるが無視する。

俺はこの女をリビングまで運ぶと、ソファの上にドサリと乱暴に放り投げたのだった。

「乱暴な奴だな。ふん、だが好きにするがいい。処女なんて惜しくもない」

そんなエリンに対して、俺は冷淡に答える。

「リュシアといい……この世界の女はすぐに服を脱ぐのか？　近隣のやつらに見られたらどうするんだ。それに、お前の様なガキに欲情などする訳がないだろう？」

俺の言葉にエリンは一瞬キョトンとする。

が、次の瞬間、嘲笑を浮かべ、

「なら、あたしが大きくなった時に、あたしをやる。それなら文句ないだろう？」

自信ありげに言う彼女に対して、俺はやはり呆れてため息を吐いた。

「くだらん。俺は貴様に何の興味もない。元王女かエルフか知らんが、どうでも良いことだ。俺はお前を抱くつもりもなければ、ここに置いてやるつもりもない。さっさと失せろ」

「なっ⁉」

予想外の答えだったらしく、エリンが驚きの声を上げた。

「今までどんな奴らに会って、どんな目に遭わされたのかは知らんが、俺はそんなものに同情するほど甘い男ではない。自分の面倒は自分でみるんだな」

「くっ」

エリンが歯噛みをしてこちらを睨み付けた。

と、同時に戸惑いの色を顔に浮かべる。

「今まで路頭に迷うあたしに近づいて来たのは、あたしを言いくるめて身ぐるみをはぐような奴か、騙して誘拐しようとする嘘つきばかりだった。……あんたみたいに正直な奴は初めてだ」

そうか。まあ、好きなだけ恨めばいい。嫌われることには慣れている。

「あの、ご主人様……」

と、そこへリュシアが口をはさんできた。一体なんだ？

「エリンさんをここに住まわせてあげることは出来ないでしょうか？」

なんだと？

「リュシア、こいつの話を聞いていなかったのか？　こいつは疫病神だ。国に復讐を企てる奴を近くに置いておくなど正気ではない」

「でも、このままだとエリンさん、どこにも行き場所がありません」

「そんなこと俺たちが気に病むことではない」

「で、でも、このままじゃかわいそうです！」

リュシアが泣きそうな声で言った。だが、

「リュシア、一度しか言わないから、よく覚えておけ。下手な同情は身を滅ぼすぞ。その時になって後悔するような判断を下すのは愚か者のすることだ」

「分かっています。分かっているんです。でも、どうしても見捨てられないんです。だって、私も両親を殺されてしまっているんですから……」

くだらん……とは思わなかった。

俺は両親に見捨てられたが、死んだ訳ではない。

今でも元の世界で生きている。

親を殺されるというのはどういう気持ちなのだろう。

俺は俺の両親がある日突然殺人鬼に殺されても何も感じない様に思う。

しかし、それは想像にすぎない。

実際にその死に立ち会った彼女たちの気持ちは想像出来ない。

「お前の言いたいことは分かった。だが、最悪の場合、エリンの復讐のとばっちりがお前にふりかかるかもしれない。そのことを……」

「覚悟の上です」

リュシアが強い決意をたたえた口調で言った。

くだらない同情だ。

だが、思い込みであろうとなんであろうと、気持ちは揺るがなければ強い。以前確信した通り、コイツは案外頑固な少女だ。

俺はため息を吐く。

「エリン、貴様、バルク帝国へ復讐をすると言っていたな?」

文句でもあるのか、という視線で彼女は俺を見た。

「そのことについて俺がとやかく言うつもりはない。他人事だからな。だが、一つ約束しろ。復讐は三年後からにしてもらう。それがここに置いてやる条件だ」

「三年……」

俺の言葉に彼女は考え込む。

その年月の意味を考えているのだろう。

「……準備はしてもいいのか?」

「勝手にしろ。そこまで干渉するつもりはない」

「あと一つ教えろ。なぜ三年なんだ?」

俺は皮肉気に笑い、

「三年後もこの孤児院があるとは思えんからな。俺は院長を解任され、リュシアもその頃には大人になっている。貴様に迷惑をかけられることもあるまい」

その言葉にエリンは肩をすくめて同意の意志を示す。

リュシアはそんな光景を見て「ありがとうございます、ご主人様！」などと言っている。

ふん、後で後悔するかもしれないというのに、物好きな奴だ。

……と、エリンが俺の方を見て口を開いた。

「おい、マサツグ。あたしは礼を言うつもりはないぜ？　勝手な同情をされて反吐が出るくらいだ」

エリンはそう言うと部屋を出て行こうとする。

「おい、どこに行く？」

「ふん、あんたの言った通りさ。好きにさせてもらうだけだ」

「そうか……。無論、勝手にするがいい。俺もお前に干渉するつもりはない」

「その方が清々する。なれ合うつもりはねぇ」

酷薄《こくはく》な笑みを残して退室しようとする。

俺はそんな彼女の背中に向かって口を開いた。

最低限の連絡事項を伝える必要があったからだ。

「ああ。だが一時には戻って来い。昼飯があるからな。それから、その次は三時だ。おやつの時間だ。その次は六時。夕食の時間だからな。それから消灯は九時と決まっているから覚えておけ。朝は七時には起きろ。七時半には朝食だからな。まあ、この孤児院のルールがあるとすればそれくらいだ。後は好きにするがいい」

その言葉にエリンは驚きの表情を浮かべる。

恐らく、余りにも面倒をみなさすぎだと言いたいのだろう。

だが、彼女は、

「……まるでお父様のようなことを言うんだな。お転婆《てんば》だったあたしに口うるさかった所がそっくりだぞ」

そう言って皮肉気に唇を歪めようとする……が、どうもうまくいかないらしく、ぷいっと顔をそむけた。

大きな瞳にきらりと光るものが見えたように思ったが……。

(きっと気のせいだろう)

もしくは、あまりの放置ぶりに悔し涙を流したかだ。

無論、俺はそんな批判に付き合うつもりはない。

横目でこちらをチラチラと見ているエリンの隣をすり抜けて、俺は厨房へと向かった。

今日は朝から立て続けに作業や来訪者があったせいで、昼食の準備が出来ていないのだ。

あまり時間のかかる仕込みは出来ないだろう。

そんなことを考えながら、水に漬けていたトマトを刻み始めるのであった。

7. 孤児院をみんなで経営しよう

「ご主人様、どこに行かれるのですか？」

ある日の早朝、裏庭へと向かう俺に向かってリュシアが言った。

「裏庭だ」

それだけ言って足を進めようとするが、

「裏庭に何をされに行くのですか？」

ソファに寝転がっていたエリンがそんなやりとりを見て鼻を鳴らすと、興味なさそうに寝返りを打って背中を見せた。

だが、長い耳がピクピクと動いてる。

興味などないはずだが、もしかして聞き耳でも立てているのだろうか？

まさかな。

「別に何でもいいだろう？　少し農作業をするだけだ」

「農作業……。さすがご主人様です。農業の知識もお持ちなんですね」

俺はため息を吐く。

「勘違いするな。元の世界の学校で習ったことをやってみるだけだ。凄くもなんともない。……俺は忙しいんだ、くだらんことで呼び止めるな」

俺の言葉にリュシアは苦笑を浮かべた。

「ふん、どうせくだんねえもんを植えるだけだろう?」

背中を見せたエリンがぼそりと言った。

俺はそんな言葉を相手にはしない。

どうせ悪態を吐いているだけで、俺の行動になど興味はないだろうからな。

「……」

無視して裏庭に行こうとする。だが、

「おい、無視するんじゃねえよ。何か植えるんじゃねえのかよ?」

そう不機嫌そうに言う。

何でわざわざ絡んでくるんだ?

俺は不思議さと鬱陶しさに辟易《へきえき》しながら口を開く。

「……俺が今日植えようとしている作物はコンニャクイモだが……」

「へ、知らねえな。興味もねえ」

なんなんだ一体。

一方のリュシアはエリンと俺を苦笑しながら見て、

「えっとご主人様、恥ずかしながら、私はコンニャクイモというものを知らなくて」

と言った。

「……まあ、知っていれば逆に驚きだがな。なぜなら、コンニャクイモはこの世界ではまだ発見されていない作物だからだ」

その言葉にリュシアは驚いた声を上げる。

「は、発見されていない作物⁉」

「世界が違う以上、そういうこともあるに決まっているだろう？　この前、お前と買い物に出かけた時、煮物に使うためにコンニャクを探していたんだがどうやら売られていないようだったんでな。もちろん、この世界にコンニャクイモ自体が無い可能性もあったが、イモ自体はあった。だから、まだ発見されていないだけじゃないかと思い、昨日、山の方に行ってみたんだ。そして、俺は見事コンニャクイモを発見することに成功したという訳だ」

するとエリンがまたしても口を開く。

「わざわざ煮物を作るために物騒な山に出かけるなんて正気じゃねえな」

やけに挑発するように言ってくる。

「コンニャクを製造出来れば色々と使いようがあるからな。新しい料理もそうだし、何より市場に出せるかもしれん」

「ふん、そううまく行くもんかねえ」

エリンは嫌味を言う。

まったくなぜこれほど絡んでくるのだろう。

だが、こんな女のことなどどうでもいい。

「これが採取して来たコンニャクイモだ」

そう言って、タルに入った種イモを見せる。

その種イモは小指ほどの小さいものから、俺の拳より少し大きいくらいのものまで様々な大きさの物が混在していた。

「色々な大きさのがありますね？」

「それでいいんだ。育て方は根っこの種イモを二、三年の間かけて何度も植え直すというものだからな。種イモは徐々に大きくなる。ほどほどの大きさになれば収穫だ。それを粉末状にして、ある素材と混ぜて練ればコンニャクになる」

そう説明しているとエリンが、

「手間がやけにかかるんだな。やっぱり計画倒れになるんじゃねえか？」

その言葉に俺は肩をすくめる、

「ふん、お前の言う通りだ。だが、まあ安心しろ。これに失敗しても、食事くらいはまともに食わせてやる。それ以外は知ったことではないがな」

エリンはその「知ったことではない」というセリフになぜか悲しそうな表情を一瞬浮かべた後、

「ちっ」と不機嫌そうな表情で舌打ちをする。

一体何が気に入らないのか、訳が分からない奴だ。

「……無駄な話をしてしまったな。そういう訳で俺は農作業をする。邪魔をするんじゃ……」

「お手伝いします！」

俺の言葉が終わるのを待たずにリュシアが手を上げた。

やれやれ、こいつはそう言い出すのではと思っていた。

鬱陶しいが手伝うというのなら俺の利益になる。わざわざ拒否するのは非合理的だろう。

「邪魔はするなよ？」

「はい！」

「あ、あたしは手伝わねえぜ？」

エリンがそう言うことも想定済みだ。

「ふん、それこそ好きにするがいいさ」

俺はそう言って部屋を出て行こうとする。

だが退室間際、

「ま、まあ、あたしに任せておけば一瞬で終わるがな」

振り返ればエリンがソファから立ち上がっていた。

「どういうことだ？」

俺が問いかけると、彼女は一瞬不機嫌そうに顔を赤くして、

「あたしはハイエルフの、しかも王族だぞ？　もちろん精霊魔法……しかも風の精霊シルフを扱うことに長《た》けてる」

どうだ、すごいだろう、とばかりに腰に手を当てる。

だが、こちらの世界に来て日の浅い俺にはよく分からない。

そんな俺の反応に苛立ったのか、彼女は早口でまくし立てる。

「だ、だーかーらーだなー、あたしが風の刃でちょいちょいと手伝えば、裏庭の雑草なんて一瞬で刈り取っちまえるってことだよ。どうだ、もしあんたがどうしてもって頼むんなら、あたしも考えてやらない訳じゃあ……」

「ふん、必要ない」

「って、ええ⁉」

エリンは鳩《はと》が豆鉄砲を食ったような顔をした。

「聞こえなかったのか？　必要ないと言ったんだ。俺とリュシアが二人でやれば半日もあれば済む作業だからな」

俺はそう言ってリュシアを連れて退室する。

「ふん、そうかよ！」

扉を閉める間際、そんな怒声が響いた。

「あの、良かったんですか、ご主人様？」

裏庭に向かう途中の廊下でリュシアが尋ねてくる。

「何がだ？」

「その、エリンちゃん、怒っていましたけど」

俺はその言葉を鼻で嗤う。

「問題ない。恐らく魔法を使うことで己の力を誇示しようという企みだろう。そうしてこの孤児院のヒエラルキーのトップの座を俺から奪うつもりに違いない。バルク帝国への復讐の第一歩としてな」

まあ、孤児院長の座などどうでも良いことだが。

と、リュシアを見下ろすと、なぜか彼女は苦笑いを浮かべていた。

「なぜそんな表情をする？」

「いえいえ」

俺は彼女の反応に違和感を覚えつつも裏庭へと向かったのである。


「ちっ、どれだけ放置されていたんだ。前が見えないほどの雑草じゃないか」

「はい。抜いても抜いてもキリがありませんね」

エリンにああは言ったものの、実際作業は重労働だ。

農作業をするには土を耕して畝《うね》を作る必要があるが、そのためにはまず雑草が繁茂した状態を何とかする必要がある。

（これは今日一杯で終わるかどうか分からんな）

どうやら見込みが甘かったようだと、俺が思い始めた時であった。

ビュッ！　ズバッ!!

そんな風切り音とともに、俺の隣の雑草がまとめて刈り取られたのである。

「なっ!?」

俺が思わず声を上げると、

「……」

裏口に無言で佇むエリンがいた。

「……お前の手伝いなど不要だと言ったはずだが？」

俺がそう言うとエリンはツンとそっぽを向く。

だが、口を堅く結んで何も言おうとしない。

「まったく訳の分からない奴だ」

そう言って俺は草抜きの続きをしようとする。

エリンがますます口をきつく結んだように見えた。

「あ、あのご主人様っ、エリンちゃんは……」

リュシアが何かを言いかけようとする。

しかし、俺の方が少し口を開くの早かった。

「だが、まあ役に立つのは確かなようだ」

「……へ？」

とエリンが意外そうな声を上げた。

まったく何を驚いているのか。

事実を事実として認められないほど俺は狭量な男ではない。

「大道芸にしては上出来だ。その調子でせいぜい魔法を使え」

彼女は俺の言葉に目をぱちくりとすると、一瞬だけ嬉しそうな表情を浮かべ……たかと思えばす

ぐに皮肉気な表情を口元に浮かべた。

「へっ、あんたの目には精霊魔法が大道芸に見えたのか。そりゃとんだ節穴だな」

「俺は事実を述べたまでだ」

「無理はよくないぜ？　大層驚いていたじゃねえか？」

ニヤニヤとするエリンに対し、俺は本気で舌打ちをする。

「……うふふ、二人とも似た者同士さんなんだから」

リュシアが何やらトンチンカンなことを言って笑みを浮かべた。

「ともかく、俺は別に芸を見に来た訳じゃ無い。やるならさっさとやれ」

「お願いします、エリン様だろ。あたしは、その、魔法の試し打ちに来ただけだ。別に手伝いに来た訳じゃない」

「ならば邪魔なだけだな。さっさと部屋に戻れ」

「かー、何言ってやがる。さっきの魔法を見ただろう？　あたしがやれば十分程度で片が付くんだぜ？　それともあんた一日中草抜きをしていたいのか」

「黙れ。さっきも言ったが俺たちだけで十分だ」

「ちっ、素直じゃねえなあ」

俺は無視して草抜きを再開する。

と、そんな中を練習だと言って放たれたエリンの精霊魔法が時折通過した。

まるで俺に見せつけるように、だ。

（やはり、俺に魔法の力を誇示し、ヒエラルキーの逆転を狙っているのか？）

だが無駄だ。俺はこの程度の魔法にビビるような男ではない。

そう考えてエリンに挑戦的な目を向ける。

するとエリンはなぜか顔を真っ赤にして、今までよりも強力な風の精霊魔法を放つのだった。

「やはり、俺に魔法の威力を……」

そんなつぶやきにリュシアは、

「うーん」

と、どこか困ったように耳を伏せるのであった。

一体なぜだ。

まあ、何はともあれ、こうして予定よりも早く雑草は消滅することになったのである。

「これで目標数の種イモ五十個は植え終わったな」

「はい、きっと元気なコンニャクイモが出来ますね！」

「えっと、もう終わりか？」

庭の端っこに佇んでいたエリンが言った。

彼女は魔法で雑草を刈り取った後も、土を耕し種をまく俺たちの方をチラチラと眺めていた。

どういうつもりなのかは分からない。

まるで声をかけられるのを待っているかのように見えたがそんなはずはないだろう。

あれほど俺のことを拒絶していたのだ。

きっと何か他の狙いがあるに違いない。

「っ……！　なるほど、そういうことか」

俺ははっとする。

彼女の狙いに気づいたからだ。

だが、同時に俺は戦慄《せんりつ》する。それがあまりに恐るべき企みだったからである。

だが、恐らく間違いないだろう。

あの観察するような視線。そして、わざわざ魔法を使いに裏庭へやって来た理由……。

すべてに筋が通る。

（そう、コイツはコンニャクイモの育て方、ひいてはコンニャクの製造レシピを盗もうとしている）

間違いない。

チラチラとこちらを観察するエリンをこっそりと眺めながら確信を深める。

（あれは栽培方法を分析しているという訳か。この後はそうした情報をとりまとめ商人あたりに売り払うつもりなのだ）

なぜ、そんなことをするのか？

その答えは簡単だ。

金。

復讐のための軍資金にするつもりなのだろう。

（なるほど、ありそうな話だ）

むしろ否定する方が難しい。

だとすれば彼女がわざわざ裏庭に来て魔法を使った意味も理解出来る。

あれは俺に力を誇示していたのではなく、復讐の早期成就のため、コンニャクイモを一刻も早く栽培させるために手伝ったに過ぎない訳だ。

（つまり、あくまで自分のため……）

よく考えれば、こんな孤児院の地位を奪っても仕方がない。

むしろ復讐という彼女の目標に最も効果的な軍資金の獲得方法……すなわち俺の持つコンニャクという新食品の製造レシピの奪取こそが彼女の狙いなのだ。

（……ふ、だがやはりまだまだ子供だ）

俺はエリンの底の浅い見当違いな考えを嗤う。

コンニャクの製造にはコンニャクイモだけでなく、他の素材も必要だ。

そうした他の素材さえ秘匿すれば、簡単に彼女にレシピを奪われることはないだろう。

無論、商品としてコンニャクを販売すれば、優秀な商人たちは試行錯誤の末、いつかは模倣品を市場に投入する。

だが、それまでには数年の歳月を要する。

その期間はこのルーナ孤児院がコンニャク利権を独占出来るのだ。

それだけで十分な利益を上げることが出来るだろう。

（残念だったなエリン。お前の目論見は早々に見破られているぞ？　俺を出し抜くなど分不相応な考えだったな）

俺はニヤリと笑う。

すると彼女はビクリとしてそっぽを向いてしまう。

やはり。後ろめたいことがある証拠だ。

「あの、ご主人様、先ほどから表情を色々と変えられて、ご気分でもすぐれないのですか？」

と、そんなことを考えているとリュシアが心配そうに尋ねて来た。

（思考に没頭していたようだ。だが、まあエリンが何を考えているか判明したからには過剰な警戒は不要だろう）

そう考えて、今後の農作業の段取りについて説明することにした。

エリンも聞いているが問題ない。

素材さえ秘密にすれば、彼女にコンニャクレシピを盗まれることはないからだ。

「現段階の作業は終了だ。だが、この程度で野菜が収穫出来るなら世話はない。今後は生えてくる雑草を抜いたり、虫を除いていく作業が五か月は必要だ。毎日の水やりもな」

「そうなんですね、わたし、ちゃんと毎日面倒をみます！」

リュシアが頼んでもいないのにそう言ってくる。

一方のエリンは、

「バーカ。毎日水をやっちゃあ根腐れしちまうだろ？　水は時々でいいんだよ」

すぐにそう指摘して来た。

（⁉　……なるほど、こいつはエルフだからそもそも植物に詳しいのか）

だとすれば……やはり油断出来ない。

僅かなヒントからでも俺が秘密にしようとしている素材について、見当をつけてしまうかもしれないからだ。

……あまり余計なことは言わない方がいいだろう。

「そうか。よく知っているな」

俺はきわめて淡々と答える。

余計な情報を与えないためだ。そのために相手の意見を適当に肯定する。

が、なぜか彼女は一瞬驚いた顔で、

「ふえ？」

とやけに間の抜けた声を上げると、なぜか目をキラキラとさせて、

「バ、バカ！　別に大したことじゃねえよ！　こんなことも知らないなんて、マサツグはホントにバカだなあ。農作業で分からねえことがあったら、あたしにもっと素直に質問していいんだかんな‼」

と、いきなりバカバカと連呼し始めた。

何なんだ？

……いや、これも俺から情報を引き出すための作戦なのだろうか？

確かに暴言を吐かれれば反論の一つもしたくなる。

ふ、なるほどな。だがその手には乗らん。

俺は努めて冷静になると、

「まあ、何はともあれ今日の作業としては終了だ。引き上げるぞ。それに、俺はこれから実際にコンニャク作りを行う」

そう言って、まだタルに残っているコンニャクイモを指さす。

中には大きめのものが幾つか残っていた。

それはすぐにコンニャクを製造するために採って来たものだ。

無論、エリンに製造工程を見られることになる。

だが問題ない。

同じ屋根の下に住んでいる以上、隠し通す訳にはいかないし、そもそも見られたとしても肝心の素材さえ秘密にしていればよいからだ。

「ふうん、あんたに上手く作れるのかねえ」

エリンが挑発してくる。相当、このコンニャクの製造レシピが気になっているようだ。

（だが、そう思い通りにはいかんぞ？）

俺は彼女の言葉を無視すると、さっさとそのタルを持って屋内の厨房へと向かうのだった。

後ろから、

「無視するんじゃねえよ！」

というエリンの声が聞こえて来た。


孤児院の厨房にやって来た。これから大きめのイモを使ってコンニャクを作るためだ。

リュシアは当然の様について来て、

「お手伝いします！」

と言った。まあリュシアの物好きはいつもの通りだ。

そして、もう一人、

「……」

何も言わないが厨房の隅にエリンが佇んで、そっぽを向きながらもチラチラとこちらを見ていた。

若干頬が赤い。

（やはり来たか）

レシピを盗みに来たのだろう。顔が赤いのは緊張しているからか。

孤児院で調理をする以上、見られることを今後完全に防ぐことは出来ない。

だから、追い出そうとしても無駄だ。

むしろ、同席させつつも、肝心の素材についてしっかりと秘匿することが重要だろう。

それによって、エリンは製造レシピの横流しという企みを断念せざるを得なくなるのだから。

俺はそんなことを考えつつ、今から行うコンニャク作りについて説明を始める。

「さて、まずはコンニャクイモの皮を剥く。新芽も取れ。ごつごつしていて難しいかもしれないから幾つかに切ってから剝いてもいいだろう。俺ならば目をつぶってでも可能だが、お前たちは慎重に行え」

俺はそう言いながら用意していた布手袋を装着する。

「あの、ご主人様、どうして手袋をつけるんですか？」

「コンニャクイモには毒があるからだ。直接触らないように手袋をはめたうえで、よく注意して作業する必要がある」

「そ、そんなに難しいなら……どうしてもって言うならあたしも手伝ってやってもいいぜ。こう見えても多少の料理は出来るんだ」

と、なぜか早口でエリンが言ってくる。無論、彼女の申し出の意図は理解している。

いや、むしろ『やはり』という思いだ。

「はたで見ているよりも、自分の手で調理をした方が確実にレシピを盗めるからだ……」

「ふえ？」

エリンがきょとんとした表情を浮かべる。

おっと、どうやら口から思っていたことが漏れていたようだ。注意しなくては。

俺がエリンの企みに気づいていることは秘密にしておいた方がいい。

あくまで掌《てのひら》の上で踊らせる。

「好きにするといい」

だがこの後に登場する重要な素材については正体を明かさない。だから、いくら手伝おうとエリンが必要とする情報は手に入らない。

ふ、残念だったな。俺の方が一枚も二枚も上手なようだ。

「うっ……。お、おう……。そこまで言われちゃあ仕方ねぇ。手伝ってやるよ」

エリンはなぜか顔を赤くして包丁を持つ。

まんまとうまく行ったと思って興奮しているのだろう。

踊らされているとは知らず、間抜けな奴め。

彼女は自分で言った通り、危なげなく包丁を使い皮を剥いて行く。

俺はそんな彼女たちを見ながら、説明を補足する。

「ちなみに、茹《ゆ》でれば毒は消えるが、つまみ食いなどはしないことだ」

そんなことを言っている間に皮剥きが完了したので、次に俺はおろし金でコンニャクイモをすりおろしていく。

すりおろされドロドロになったコンニャクイモの姿はあたかもトロロのようだ。

白飯にかけて食べたら美味そうである。

「何だかすでに美味しそうに見えますね」

リュシアが耳をピクピクとさせながらそんなことをポツリと言う。

「止めはしないが口にすれば最悪死ぬぞ？　そんな愉快な死に方をしたくないならつまみ食いはしないことだ」

口や胃が腫れ上がって窒息死《ちっそくし》する可能性があるのだ。

「ひえっ、そ、そうなんですね⁉」

「ああ、だから注意することだ」

実際、毎年間違って食べて病院に運ばれる奴がいる。

だから柄にもなく念入りに注意を与えた。

すると、そんな様子を見ていたエリンが、

「おーおー、何だかリュシアに対しては甘いねえ」

と見当違いな指摘をしてきた。

「そんなことはない」

むしろ、危険性からすればもっと注意を与えてもいいくらいだ。

そんな訳で俺が普通に否定すると、

「ふん、どーだか！」

エリンがプイッとそっぽを向いた。なぜか不服そうに口をとがらせている。

……訳が分からない。どこに不機嫌になる要素があったろうか。

（いや、子供の癇癪《かんしゃく》というやつか）

付き合ってられんな。

俺はエリンを放置したまま、すりおろしたコンニャクイモを鍋に貯めた熱湯に注ぐ。

彼女がこちらを見てほっぺを膨らませているのが分かった。

が、今はかまっている暇はない。

熱湯を扱っているから集中しなくてはならないのだ。

「ふう、オッケーだ」

注いだコンニャクイモはちょうど鍋いっぱいになる。

それを小さめの火でしばらく煮込みながら休まずかき混ぜた。

「いつまで煮込めばいいんでしょうか？」

「そうだな、少し泡が浮いてきたら、粘り気が出てくる。そうしたらリュシアは火を止めろ」

「え？……は、はい！　了解です!!」

リュシアが返事をする。一方のエリンはますますほっぺを膨らませた。

リュシアがそんなエリンを見て、困ったような表情を浮かべた。

「？」

一体なんなのだろう。

……だが、次は調理の工程の中でも重要な局面だ。

そう、秘匿すべき素材を扱う工程である。

下らないことを考えている暇はない。

俺はリュシアに鍋を見させておいて、その間に白い粉末を準備する。

「おい、マサツグ、何なんだそれは？」

エリンが質問をして来た。

（……やはり来たか）

俺は案の定飛んできた質問に落ち着きはらった態度をとる。

単なる好奇心からの質問と思うのは余りに楽観的だ。

そんな偶然があるはずがない。

真相は無論、レシピを完成させるために素材を確認しようというのだ。

（危なかった。エリンの企みに気づいていなければ、まんまと喋っていただろう）

この白い粉の正体は、貝殻を焼いて作った自家製の『石灰』だ。

これを混ぜることによって、コンニャクイモは初めて固まりコンニャクになるのである。

更に言えば、誰にでも作れるものだ。

だから決して露呈《ろてい》させる訳には行かないのである。

「さあ、何だろうな？」

無論、これくらいではぐらかせるとは思っていない。

恐らく手を変え品を変え執拗《しつよう》に素材が何なのか探ってくるだろう。

「なんだよ、いいじゃん。教えてよ」

ふ、想定通りだな。この執拗な追及は余りに不自然だ。焦って完全に馬脚を現してしまっているぞ、エリン。

「お前に教える訳にはいかんな」

「……ケ、ケチだなあ。ちょっとくらいならいいだろ」

「ダメだ」

俺も頑《かたく》なに拒否する。

だが、こんなものはまだまだ前哨戦《ぜんしょうせん》だ。

復讐を誓う元王女。その執念はこの程度では……。

……が、彼女は更に一層頬を膨らませ、その大きな目にみるみる涙を溜めると、

「やっぱりマサツグはあたしに意地悪だ！」

と、突然叫んで、厨房からダダダッと駆け出して行ってしまったのである。

「？？？？？」

一方の俺としては、頭に疑問符しか浮かばない状態だ。

まず『あたしに意地悪だ！』と言われたが、俺は誰に対しても口が悪く不親切である。別にエリンだけではない。

それに、何より得心がいかないのが、レシピを盗もうとしていたはずのエリンが、肝心の素材を放ってどこかに走り去ってしまった点だ。

俺はその現実に当惑するが、ふと、ある考えが閃く。

（ま、まさか、レシピの横流しを目論んでいた訳ではなかったのか⁉）

その可能性に思い当り愕然《がくぜん》とする。

だがすぐ冷静になると、

（……だが、それだと訳が分からんぞ？）

レシピが目的でなかったとしたら、彼女はどうして大嫌いなはずの俺にやたら絡んできたのだろう？

不可解極まりないではないか。

しかし、いくら考えても納得のいく答えは出そうになかった。

（くそ、全然分からん……。というか、そもそも、まともな人間関係を構築したことのない俺が、女の、しかもガキの気持ちを理解することなど不可能に決まっている。あのガキは一体何を目的に俺に構い続けていたんだ？）

「あのー、ご主人様？」

「うーむ……」

「ごーしゅーじーんさま！」

「っ……!?　ああ、リュシアか。どうした？」

「はい、リュシアです。えっとですね、ご主人様。リュシアにはご主人様がどのようなことをお考えか、何となく分かるのですが……」

「分かるのか!?」

読心術のスキルでも持っているのだろうか？

「はい。僭越《せんえつ》ながら。あ、ちなみに読心術とかではないです。……それでですね、出来ればエリンちゃんを追いかけてあげてもらえないでしょうか？」

リュシアの提案に俺は憮然《ぶぜん》となる。

「……どうして俺がそんなことをしなくてはならん。そもそも、俺のことが嫌《イヤ》で出ていったのに、俺が追いかけたら逆効果だろう？」

当然の指摘をする。

だが、リュシアは困ったような笑みを浮かべ、

「ううーん、そうなっちゃいますか……。まあ、ご主人様らしいですが。そうですね、エリンちゃんの気持ちを私が話すのもよくありませんので、そこは置いておくとして……」

彼女は一息ついてから、

「とりあえずご主人様が追いかけてですね、『心配したぞ』とでも一言おっしゃって頂ければ、それで万事解決なのですが」

「心配などしていないが？」

それにそんなことで解決する訳がないと思うのだが。何度も言うが彼女は俺のことを嫌っているのだ。

「うーん、ご主人様の誤解を、私から説明しても多分信じてもらえないでしょうし……。まあ確かにエリンちゃんが勝手に家出しただけではあるんですよね。たぶん、そのうち戻って来るでしょうから……」

そう言って耳をシュンとさせた。だが、俺はハッとして、

「……家出だと？」

その言葉を聞くや否や、急いでエリンの出て行った方へと駆けだしたのである。

「ご、ご主人様？」

背中にリュシアの慌てた声が聞こえたが無視する。

別に家出だからと言って慌てた訳ではない。

俺もかつて家族が壊れかけ始めた頃に家出をしたことがある。しかし、結局行く当てもなく数日間彷徨《さまよ》い、結局最後は餓死《がし》寸前の所を警察に保護されて自宅まで送り届けられた。なお、親は俺を探しに来ないどころか、心配すらしていなかった。

一方、他の奴らの話を聞いてみると、普通は家出すると両親が探しに来るものらしいのだ。そして、心配をかけるなと怒られるなり、泣かれたりするものらしい。

無論、俺が駆け出した理由は彼女を心配してだとか、そんなことではない。そのような家族のごとき役割を果たすつもりはさらさらなかった。ちゃんとした家族を知らない俺に、そうした役割を演じることは不可能なことだ。

俺は単に自分の経験からある事実を知っていただけである。

それは、

(子供というのは誰かが迎えに来なければ、なぜか家に帰ろうとしないものだ)

という事実だ。

俺が家出をした時も、腹が減って何度も帰ろうと思った。

だが、誰も探しに来ない以上、なぜか戻る訳にはいかないと思ったのだ。

このままではエリンもルーナ孤児院に帰って来ることが出来ず、間違いなく餓死してしまうだろう。

別に彼女の面倒をみるつもりはない。だが、飯だけはちゃんと食わしてやると言った。

俺はその約束を守るために、面倒だと思いつつも彼女を迎えに行こうと思ったのである。

スキルのおかげだろうか。俺は何となく察せられる彼女の気配を追って、裏庭にある納屋の裏手へと足を運んだのであった。

＊＊＊～ａｃｔ・ｔｕｎｅ　エリン～

「ぐす……マサツグのばか」

マサツグに八つ当たりをして飛び出してきてしまった。

(……分かっている。……バカなのはあたしだ)

バルク帝国に復讐するなどという野望を語る亡国のお姫様。そんな厄介者を置いてくれているだけで感謝すべきなのに、あいつは食事と温かい寝床を用意してくれた。

「なのに、あたしはそれ以上を期待してしまっている」

今ももしかしてマサツグが追いかけてきてくれないかと期待している。

だが、きっとそれが叶うことはないだろう。

むしろ、今回のことで愛想をつかされたに違いない。

「また、路頭暮らしかな……」

そんなことを考えていると、冷たい風が吹き抜けていった。今日はあまり気温が上がらず、肌寒寒さに震えていると、不意に孤児院で過ごした短い日々が思い出された。

建物はボロボロで、隙間からは冷気が忍び込み夜はひどく冷えた。はっきり言って廃墟だ。人が住むには辛いくらいだ。住むには辛いくらいの。

だが、いくら寒くても、今の様に寂しくて目に涙がにじむようなことはなかった。

(なんでだろう。ここは不思議と温かくて、心地が良かった……)

それはまるでエルフの森で楽しく暮らしていた頃のような温かさだったように思う。ああ、そう言えば、とあたしは過去を自然と思い出す。小さい頃からお転婆《てんば》だった自分は、よくワガママを言って、お父様とお母様を困らせていたものだ。

そして、叱られると家を飛び出して、古代樹の根元や悪魔の大岩の物陰なんかに隠れて一人で泣いていた。

誰にも絶対に見つからないだろう、あたしだけが知っている秘密の場所だ。

だが、なぜかお父様だけはあたしの居場所をたちまち突き止めてしまうのだ。

そして、あたしの手を握るとこう言うのである。

「おい、何をやっているエリン。さっさと帰るぞ。面倒をかけさせるな」

そう、こんな風に優しく声をかけてくれたのだ。

…………いや。

いやいやいや。

さすがにこんなに乱暴な口調ではなかった。

お父様は紳士だった。間違ってもこんなチンピラの様な口調で喋る方ではない。

「まったく、返事も出来ないとはな。それで元姫だというのだから驚きだ」

「って、マサツグ⁉」

あたしは、背後に立ち呆れた様にこちらを見下ろす男を見て驚く。

「な、なんで……ど、どうして」

どうしてこの場所が分かった？

い、いや、それよりも、なんで追いかけて来た？

あたしに出て行ってもらった方がマサツグにはありがたいはずなのに。

まさか、あたしのことを心配して、連れ戻しに……？

「はぁ」

だが、マサツグはため息を吐くと、

「まあ、そこにいたいと言うなら止めはせんがな」

そう言って踵を返そうとする。

「ま、待って！」

あたしは思わずそう言ってマサツグに飛びつくようにして手を握る。

「……」

「あっ、ご、ごめんなさい……」

思わず手を握ってしまった。

振り払われる。それがなぜか怖くて先に離れようとする。

だが、マサツグはその手を離そうとはせず、少し考えてから、

「そう言えば、よその家では大人は子供と手をつなぐものだと聞いたことがあるな」

よく分からないことをぶつぶつ言うと、あたしが握った手を握り返して来たのである。

「へっ？」

「さっさと歩け。戻ってコンニャク作りの続きをするぞ」

「あ、お、おい、引っ張るな！」

あたしは抵抗しようとする。だが、頬が熱くなって何だか力が出ないのだった。

その手はお父様の手よりも幾分小さかった。

優しさも足りない。

お父様はあたしの手を握る時、優しく、そして大きな手で包み込むように握ってくれた。

マサツグの握り方は強くて痛い。

けど、

「文句なら帰ってから聞いてやる。正直、俺にはお前がどうして飛び出したのか皆目見当がつかんがな」

あたしは孤児院に戻れるのだと気づく。

すると何だか急に元気が出てきて、空いた手で涙を拭うと、

「ふ、ふーん。でも、あたしのこと心配だったから追いかけて来たんだろ？」

そう、からかうように言う。

でも、マサツグは嫌そうな顔をして、

「ふざけるな。リュシアも似たようなことを言っていたが俺にそんな感情はない。俺はお前を餓死させる訳にはいかないと思っただけだ」

「へ？　が、餓死？」

「そうだ。孤児院を出れば行く当てのないお前は餓死するしかないだろう？」

自明の理だとばかりにマサツグは言った。

いちおう、あたしは一年ばかり一人で路頭暮らしをしてたんだがな……。

いや、それより、

「なあ、それって、心配してくれたってことだろう？」

「全然違う。心配というのは相手の心を思いやることだ。俺はお前の腹の具合を気にしただけだ」

あたしはその答えに思わず噴き出す。

「ふーん、そうかそうか」

「なんだ、その含みのある感じは？」

「いやいや、何でもねえよ。なんていうか、マサツグのことを誤解していたかなって」

「なんだそれは……。いや、そう言えば俺もエリンのことを誤解していたな。すまなかったな、クーデーターを起こすとか、スパイを働くなどと疑って」

「ちょ、ちょっと待て！　なんだよそりゃ!!」

あたしは思わず突っ込む。

マサツグは答えずにフッと鼻で嗤うのだった。

まったく、どうなってやがんだ……。

あたしはブツブツと文句を言う。だけど、あたしの胸には不思議な温かさが満ちていたのだった。

……さて、戻ったあたしたちをリュシアはニコニコとした笑顔で待っていた。何というか、この女もたいがい動じない。

当然の様に合流すると、料理の続きを始める。

マサツグは白い粉……貝殻を焼いた粉らしい。何で最初教えてくれなかったのかは謎だ……を煮込んだコンニャクイモに注ぎ手早くかき混ぜた。驚くことに、こうすることで固形化するらしい。

その後、薄型の容器に移し、空気を抜くため表面を軽く叩かされた。歯ごたえがよくなるそうだ。

そして、すっかりと固まったコンニャクイモにマサツグはナイフを入れてブロックにしていく。

こうして、『ルーナ孤児院　特製コンニャク』が完成したのである。

＊＊＊～act‐tune　エリン　end～

翌日の昼頃、俺たちは王都の目抜き通り……スプーレ通りというらしい……にコンニャク販売のため露店を出しにやって来ていた。ちなみに二人も一緒だ。

邪魔だと追い払いたい所だが、商売には人手があった方がいいのは確かだ。俺は合理的な男だ。感情を優先させたりはしない。

出店の話をすると、リュシアは当然のように付いてくると言った。

一方、エリンは『絶対に付いてかねえ』と宣言した。無論そう言うだろうと納得したが、今日になって急に俺の隣で『暇だ、超暇だ』と連呼しているのをたまたま発見したのだ。そこで、それほど暇ならばと連れて来たのである。

案の定、かなり文句を言われたが、逃げ出す素振りも見せずここまでついて来た。

（まあ俺の隣でたまたま独りごとを呟いていた不運を呪うんだな）

そんなことを思い返しつつ、俺は早速、出店の準備を始める。

販売用のコンニャクをザルに入れて並べていった。

と、同時に別の皿へ細かく切ったコンニャクを入れていく。

すると、それを見ていたリュシアが、

「ご主人様、そのお皿に盛ったコンニャクは何ですか？」

そう言って首を傾げた。

「見ての通り試食サービス用のコンニャクだ」

だが、リュシアは耳をくたりとさせて、よく分からないといった反応を見せる。

エリンが口を開き、

「ふふん、わたしには分かってるぜ。私食《ししょく》だろ？　要するにあたしたちの昼飯のことだな！」

どうだ！　と言わんばかりの表情で俺に言った。

何を言っているんだ、こいつらは……と一瞬思ったが……なるほど、この世界では試食というものが一般的ではないのか。

「全然違う。……はぁ、知らないのなら教えてやろう。試食サービスとは客に無料で食べてもらい、味を確認してもらうことだ」

「ばっかだなー、マサツグは。そんなことしたら損するだろ！」

エリンがしてやったりと言った感じでツッコミを入れて来た。

……知らないこととはいえ、俺はエリンの反応に呆れながら、

「損して得取れ、という言葉が俺の世界にはある。お前には理解出来んかもしれんがな」

むぅ～、とエリンがむくれた。

「特に今回についてはこのサービスが必須だ。というか、お前たちは気づいてしかるべきだと思うがな」

俺の言葉に二人は、

「「えっ？」」

と、そろって疑問の声を漏らす。

どうやら分からないようだ。この世界の住人ならば当然見当が付くと思ったのだが。

……いや、俺と一緒にコンニャクを作ってしまったから、視点が異世界人のそれとは違ってしま

ったのか。

「お前たち、コンニャクについてどう考えている」

俺の唐突な質問に二人は首を傾げながら、

「そうですね……美味しくて、いくらでも食べられそうです！」

エリンも頷いた。だが、

「その感想がすでにおかしい。本来であれば胡散臭い、毒かもしれない、気持ち悪い、の三拍子のはずだからだ」

俺の言葉に、少女たちが驚いた表情を浮かべた。と、同時に俺の言いたいことを理解する。

「そっか、私たちは昨日食べたからよく知っているけど、他の人たちは味も何も知らない。そんなものにお金を払う人はいないという訳ですね」

「あ、あたしは当然分かってたぜ？」

嘘を吐け。

「そんなことより準備の続きだ。この木版をよく見える所に立てかけておけ。宣伝文句が書いてある」

そう言ってリュシアに木版を手渡した。

すると、なぜか彼女はまじまじと、そこに書かれた文章を見つめる。

「『二人一品のみの限定品』、『外国製』、『今だけのお買い得特価、一個五百ギエル』えっと、ご主人様、この宣伝文句は何でしょうか？」

どうやら俺の書いたキャッチコピーに当惑しているようだ。

一方のエリンはそれを見て、フフンと鼻を鳴らし、

「なんだリュシアには分かんねぇのか」

「えっ⁉　エリンちゃんには分かったんですか！」

「あったぼーよ！」

そう言ってニヤリとすると、なぜか俺の方を向いて、

「限定とか外国製とか。またはお買い得なんて言葉を使っている理由は簡単さ。食中毒が起こっても、そんなものを買った客が悪い。当方では一切責任を負いかねる。そう主張してるんだろ？　直接そう書く訳にはいかねぇからな。あくまで間接的に書いてるって訳だ」

だろ？　とドヤ顔で言ってくるが、

「そんな訳があるか！」

エリンはショックを受けたような表情を浮かべた。

「……食中毒なんてものを起こすことを前提にキャッチコピーを作る奴がいてたまるか。これは単に人が本能的に持つ購買意欲を刺激する言葉を並べただけだ」

「購買意欲、ですか？」

リュシアが呟く。

「ああ。例えばだが一人一品と言われるのと、何品でも買えると言われるのとでは、どっちが購買意欲をそそられる？」

俺の言葉にリュシアの両耳がピンと立った。

「ご主人様、不思議です！　なぜか一人一品のみ、と言われた時の方が欲しくなりました！」

「それが人の物欲というものだ。数に限りがあると思うと、なぜかそれを手に入れたいという欲求が湧きやすい」

「へえ、そうなんですね。不思議です」

「おいマサツグ、外国製って書くことにも意味があるのか？」

横からエリンが割り込むように質問してきた。なぜか拗ねたように口をとがらせている。

……さっき、キャッチコピーの件で予想をばっさり否定されたからか？

「外国製品となると、そこいらでは手に入らない品物……つまり、希少品ということになる。さっきと理屈は同じだ。数が少ないものほど人は欲しがる。ちなみに、お買い得特価という表記も……」

「この機会を逃したら二度と手に入らない、ってことだな？　時間的な意味での限定品になるってことだ！」

勢い込んでエリンが答えた。えっへん、という表情でこちらを見ている。

いや、ここまで言えばだれでも分かることだと思うが……。

「……まあ、そういうことだな」

いちおう、正解は正解だからな。

「えへへ、褒められた」

やけにエリンは嬉しそうに微笑む。

よく分からん奴だ。が、うるさいよりはずいぶんマシだから放っておくことにしよう。

「それにしてもすごいですね。全ての宣伝文句に意味があるなんて」

リュシアが感心した様に木版に書かれた文字を改めて眺めた。

はあ、やれやれ。

「今は勉強の時間じゃない。さっさと店を開けるぞ」

俺がそう言うとリュシアは木版を通行人から見えるように掲げる。

こうして俺たちの、孤児院の収入政策第一弾、異世界コンニャクの路上販売が開始されたのだった。


……さて結果だ。

今日はテストということでコンニャクを三十個だけ持って来た。

最初はやはり様子見……いや、冷やかしばかりだった。

石こそ投げられなかったが、冷たい視線を大いに投げつけられた。

だが、何人かが試食するにつれて、狙い通り雰囲気が変わってきたのである。

「なんだこりゃ、変な食感だな。しかも薄味だ。……けど、なんかクセになるな!」

「変わった味だなあ。外国ってどこの国なんだ?」

「日本っていう国ですよ」

「ニホン? 聞いたことないな。どこにあるんだ?」

「ずっと東の方ですね」

「そうか。変わった料理があるもんだなあ。限定販売か……。よし、一個くれ!」

そんな風にして、興味を持った客が一人また二人と増えて行ったのである。

どの世界でも同じことだが、賑わいこそが最高のコマーシャルになる。

混んでいる店には良い商品があるだろうとなって、更に客が集中するという理屈だ。

(……まあ、認めたくはないが看板娘どもの効果もなくはなかったろうが)

俺の様な目つきの悪い男がいくら呼び込みをしても客など来る訳もない。

一方で困った点もあった。

客の中にズルをして二回も並ぶ奴がいたことなどだ。そういう輩を追い払うのに苦労した。

が、それは嬉しい悲鳴と言ってよいだろう。

そんな具合で、用意していたコンニャクはほどなく完売したのだった。


「おい! もう無いのかよ!!」

「明日は? 明日はまた販売するんだろうな!?」

「ええ、明日も販売しますよ。ぜひとも、ルーナ孤児院のコンニャクをご贔屓に。三日月の焼き印のついているものですよ!」

何気なく『ブランドロゴ』をアピールしつつ、俺たちは撤収準備を始める。

するると、リュシアが質問の声を上げた。

「ご主人様、その三日月のマークですが、そう言えばコンニャクすべてに入っていました。あれは何か意味があったんですか？」

「ふ、気づいたか。あれはブランド戦略では非常に重要なロゴマークという奴だ」

俺の抜け目のない戦略というやつである。

「ブランド？　ロゴマーク？」

リュシアが首を傾げた。分からないのか。まあ無理もあるまい。試食の概念さえ一般的でなかったのだ。『ブランド』という概念が普及しているとは思えない。

「要するに商品の信用をそのマークで保証しようということだな」

その言葉にエリンが、

「おい、もっとあたしに分かる様に説明しろよ！」

喚くエリンを鬱陶しく思いながら、俺は言葉を続ける。

「例えば同じ商品でも、王国に卸している店のものとそうでないものならば、当然、王国に卸している商品の方が高く売れる。同じ商品にもかかわらず、信用や評判で値段が変わる訳だ。これがブランド価値だ。このブランドを一見して分かるようにしたのがロゴマーク。ルーナ孤児院のロゴマークは三日月という訳だな」

どうだ分かったか、とばかりにエリンを見るが、彼女は俺の主張の誤りを指摘するのが楽しいとばかりに、

「そいつはおかしいな。コンニャクの製法はマサツグしか知らねえんだろ？　ならロゴマークなん

てつける必要はねえじゃないか」

的確な指摘だろうとばかりに、無い胸をエッヘンと張る。

俺はやれやれと首を横に振った。

「それは違うな。商人どもは抜け目のない連中だ。そのうち製法を突き止め、模倣品を市場に投入してくるだろう。そうなれば今の様に俺たちが独り勝ち出来る状況は失われる。その時に役立つのがブランドだ。『元祖コンニャク』という『価値』があれば、ルーナ孤児院のコンニャクを客どもは優先的に買ってくれるだろう」

「すごいです、ご主人様！」

リュシアは感激したとばかりに尻尾をブンブンと振っている。

が、一方のエリンは、

「ふん、そううまくいくとは思えねえけどな！」

と、俺にたびたび主張を一蹴されていることへの腹いせか、憎まれ口を叩いてくる。

俺はそのエリンの主張に少しだけ口元を緩めた。

「ふ、そうだな」

「ほへ？」

意外な言葉を聞いたとでもいうようにエリンがボケっとした表情を浮かべた。

「お前の言う通り、うまくいくかなど分からんさ。元祖の称号など、商人どもが大量生産して価格を下げれば勝負にならないからな。余程酔狂な客者以外は安い物を買うだろう。それでもロゴマークなどという対策をしたのは、まあやらんよりはマシだと思っただけだ」

「む〜」

エリンは長い耳をパタパタとさせながら、なぜか顔を赤らめて俯《うつむ》いてしまった。

ふむ、やはりおかしな奴だ。

「それより今日の儲けはいくらになった？」

俺はそんなおかしな女を放置して話題を変える。

いつまでも彼女たちに下らない講義をするつもりはない。帰って夕飯の準備もしなくてはならないからだ。

……いや、その前に洗い物だろうか。

返って来た答えは一万五千ギエルだった。

（一日の稼ぎとしてはまあまあか。何よりも……）

今までは何の収入もなかったのだ。

それが少なくとも、安定して売れそうな商品開発に成功し、わずかなりとも収入源を確保出来た。

これは大きな進歩と言ってよいだろう。

何ら安心材料にもならない心許《こころもと》ない収入源だが。

（それに、これでこいつらへの約束を破らずに済む）

院長が果たすべき義務など知ったことではないが、三食ぐらいは食べさせてやるというのが俺の最後の情けだからな。

こうして無事コンニャクを完売した俺たちは孤児院への帰途に就いたのであった。

路上販売を行い、孤児院へと帰って来た俺たちは、夕食後しばらくして就寝することにした。

「商人どもが模倣品を販売するまでは、しばらくは市場を独占出来そうだな。だが、コンニャクだけでは余りに心許ない。更に他の商品も開発する必要があるか……」

そんなことを呟きながら、ベッドで横になろうとした時である。

「あの、ご主人様、本日も宜しいでしょうか……?」

そう言ってリュシアが俺の部屋にやって来たのである。

なお、このルーナ孤児院は部屋の数だけはやたら多い。そして前の住人が使っていた家具が古いながらもかなり残されていた。だから俺は孤児一人ひとりに部屋を与えてある。

四六時中、ガキどもと顔を突き合わせているなどうんざりだしな。

従って、本来であれば自室で睡眠をとればいい。だがリュシアはここの孤児になった翌日から、夜になれば必ず俺の部屋に通って来るのである。

そしてまた、

「ちっ、なんでこのあたしが……」

エリンもこの孤児院に住み着いた翌日から、俺の部屋へとやって来るようになった。

相当不服なようで、怒りに顔を赤くして、こちらを上目遣いにチラチラと睨んでくる。

やや瞳が潤んでいるように見えるのは、涙をためるほど嫌だからか。

だが、俺は冷酷に言い放つ。

「ふん、良いも悪いもない。俺はもう寝る。お前たちもさっさとベッドに入れ」

そう言うと、二人はベッドへと潜りこんで来る。

……そう、俺たちは毎夜、一つのベッドで一緒に寝ているのだ。

だが無論、俺が同衾《どうきん》を望んだ訳ではない。

ましてや、やましい気持ちなどあるはずがない。

誰に誓うでもないが、俺はこんなガキどもに欲情するほど変態ではない。

ならばなぜ寝床を一緒にしているのか？

実際、最初はばらばらの部屋で眠るようにしていたのだ。

だが、こうして寝床を共にしなくては俺の安眠が確保出来ないことが判明したため、仕方なく今の状況に落ち着いたのである。

「ご主人様、ご迷惑をおかけして申し訳ありません」

「ふん、あ、あたしはマサツグと一緒のベッドで寝るなんてホントは嫌なんだからな！　マ、マサツグが言うから仕方なくっ……」

両脇の少女たちがごちゃごちゃと言う。

「何度も言わすな。俺はもう寝る。お前たちもいい加減口と目を閉じろ」

「ご主人様……ありがとうございます」

「ふん、まあそこまで言うならしょうがないから一緒に眠ってやるよ！」

まだ何か言っているが俺は無視して目を閉じる。正直くたくたなのだ。

すると、いい加減少女たちも黙った。

しばらくすると微かな寝息を立て始める。

まあ初めての路上販売だったのだ。疲れもするだろう。

そんなことを考えている内に、俺もまたうつらうつらと意識が揺らぎ始める。

そして、すぐに夢の世界へといざなわれたのだった。


「うう、ぐす、お父さん……お母さん……ご主人様、ご主人様、どこに行っちゃったんですか……真っ暗です、リュシアを一人にしないで、もう一人はいやです……」

そんな声が聞こえて来たので、俺の意識はすぐに覚醒する。

時計がないので正確な所は分からないが二時間ほど経っているだろうか。

父親からの虐待を経験した俺は、いつ降りかかるか分からない暴力への緊張感から、不審な物音がすればすぐに目が覚める体質になっていた。

俺は隣でうなされているリュシアに声をかける。

「リュシア、俺ならここにいる。だから泣くな」

「うう、ぐす……ん、あ、ご主人様……。良かった、ご主人様、いてくれた」

リュシアは一瞬目覚めて俺の顔を確認すると、俺の腕にしがみつくように丸まる。そして、安心したのか再び寝息を立て始めた。

俺はやれやれとため息を吐く。

最初の日の夜、別々の部屋で眠っていると、どこからともなく女のすすり泣く声が聞こえて来たのだ。

一体何事かと思ったが、その正体はリュシアの夜泣きの声であった。

その泣き声は一晩中、孤児院に鳴り響き、とうとう俺は一睡も出来なかったのである。

彼女はどうやら奴隷時代の虐待などによるトラウマのせいで、夜に必ず悪夢を見るらしかった。

だが、俺がこうして一緒に眠ってやることでかろうじて安心するらしく、また、万が一こうして夜泣きをしても慰めてやればすぐに寝付くのだ。

そんな訳で仕方なく俺は彼女を毎晩自分のベッドで寝かせることにしたのである。

こうしなければ、すぐに物音で目が覚めてしまう俺が安眠出来ないからだ。

(全く面倒極まりない)

俺は内心で毒づく。

……が、『仕方あるまい』という気持ちも同時に湧く。

俺も虐待と無縁ではない。

子供の力ではどうしようもないことが世の中にはあるのだ。

特に大人に対して、子供というのは無力とならざるを得ない。

そのことを身に沁《し》みて知っている俺としては、彼女のことが全くの他人事だとは思えないのだった。

「うぅ……」

リュシアの眉根がまた険しくなり始めたが、俺が頭を撫でてやると穏やかな表情になる。

自分のそんな行為に鳥肌が立つが、俺は下らない感情に流されるような男ではない。感情を排して合理的な行動がとれる人間だ。

撫でてやると夜泣きする確率がぐっと下がる。ならば、頭を撫でてやるくらいの試練なんでもない。

（……ともかく彼女のトラウマが癒えるまでは、こうして俺が添い寝をしてやる必要があるだろう）

俺がそんなことを考えていると、ガバッと突然エリンが上半身を起こした。

そして枕元を探るような仕草を見せる。

（またか）

俺は再び嘆息する。

彼女が何をしているのかというと、護身用のナイフを探しているのだ。

しかし、そこにナイフはない。

なぜなら、俺が取り上げたからだ。

「エリン」と声をかけると、あろうことか俺に抱き付いて小さな体を震わせる。

俺は彼女の頭も撫でてやる。

リュシアと同じく、エリンもまた気持ちを落ち着かせるには、これが一番効果的なことが判明しているからだ。

まったくもって似つかわしくないことこの上なく、忌々しい限りだが、最も効果的であるならば選択するより他ない。

彼女もまた、故郷の森と同胞を焼かれ、その後一年間の放浪生活という過酷な経験から深刻なトラウマを抱えていた。

夜中、小さな物音ですら目覚め、見えない敵の影に怯えるのだ。そうして無意識の内に護身用のナイフを手に取ろうとするのである。

彼女がやって来た最初の夜、トイレに行くために起きた俺の気配に目覚め、突如ナイフで切りかかって来たのだった。

対象が俺だったので幸いことなきを得たが、リュシアであればただでは済まなかっただろう。

そんな彼女を一人で寝かせる訳にもいかない。

ゆえに監視を目的に、エリンとも一緒に眠ることにしたのである。なお、この時のエリンは軽い恐慌状態で、たとえ誰であっても近づく者に対して無意識に攻撃を仕かける。

だが、なぜか俺のことだけは味方だと思っているらしい。

見つけるとこうして縋り付いてくるのだ。

恐らくは恐怖からの逃避だろう。

そして、撫でてやっていれば、じきに正気に戻る。

「はぁ、はぁ、はぁ……。……ああ、マサツグ様。ごめんなさい、迷惑かけちゃって……」

いつもとは違う口調で弱々しい笑みを浮かべる。

顔色は悪く、悲愴そのものだ。

（もしかすると、これが本来のエリンなのかもしれない）

国を滅ぼされる前の、温かな故郷と同胞に囲まれて、お姫様として大切にされていた時の……。

……が、俺は彼女に同情の言葉などかけたりするつもりはない。

過去に何があろうと、優しくしてやるような義理などないのだから当然だ。

俺はあくまで普段通りに接する。

「ふ、迷惑をかけたと思うなら、今後は俺に生意気な口をきくのはやめるんだな。それでチャラにしてやる」

俺がそう言うと、エリンはキョトンとした後、弱々しい感じながらも、いつもの様にニヤリと笑う。

「ふふん、あたしが構ってやらないと寂しいくせに」

いつも通りの憎たらしい口をきいてくるのだった。

ちっ、と俺は舌打ちする。

彼女はそんな俺を見て心地よさそうに微笑んだ。

そうしたやり取りをしている内に、彼女もまた俺の腕をギュッと抱え込むようにしてスゥスゥと穏やかな寝息を立て始める。

（まったく、面倒な奴だ。こいつにも、しばらく俺が付いていなくては何をしでかすか分かったものじゃない）

そんなことを思いつつ目をつむる。

眠りに落ちるまでの間、何となくこの孤児院のことを考えた。

日本に住んでいた頃の家も安普請《やすぶしん》であったが、ルーナ孤児院はそれを超越している。

口さがなく言えば廃墟同然で、人が住むような場所ではない。

（だが、そんな廃墟にも有り難がって住む奴がいる）

両脇で眠るリュシアやエリンだ。

俺は以前から抱いていた疑問について思いをはせる。

『二人とも、なぜここを出て行こうとしないのだろう』と。

無論、行き場がないということはある。

俺も同じだ。

他に行き場がないから、ここにいる。

だがそもそも、彼女たちは出て行きたそうな素振りすら全く見せないのだ。

俺は、俺自身が親しみやすい性格ではないことを自覚している。愛想もなければ口も悪い。だからこそ周りになじめずクラスカーストの底辺だったのだ。

だから、こいつらは俺に愛想をつかしてすぐ出て行くだろうと思っていた。院長など長く続けられないだろうと確信していたのである。

が、驚くべきことに、こいつらはどうも俺のことをそこまで嫌っていないことが、最近何となく分かって来た。

リュシアはもちろんのこと、エリンも口こそ悪いが、そこに悪意の様なものが感じられないのだ。

無論、俺は院長だから、孤児の立場からすればご機嫌を取るべき権力者だ。だから内心の不満を押し殺し、愛想よく振る舞っているだけかもしれない。

だが、俺は負の感情に鋭い。

思い出すのも忌々しい様々な経験が俺をネガティブな感情に敏感《びんかん》にした。

だからこそ分かるのだが、こいつらはなぜか俺に嫌悪感を抱いていない。

それどころか時折俺に見せる笑顔は本当の笑顔なのだ。

そして、それは俺の人生においては初めて向けられる感情であり、どう取り扱うべきか分からないものだ。

俺はどう理解していいか分からない状況に悶々《もんもん》としながらも、腕に抱き着いて眠る二人の孤児の体温を感じる。

（幼いな）

そして脆い。

ここを出て行けばどこかで野たれ死ぬだろう。

（いや……）

と俺は否定する。

恐らく悪辣《あくらつ》な男に攫われてしまうだろう。

言えば調子に乗るだろうから決して口にしないが、こいつらが将来、とてつもない美人に成長することは現時点で容易に想像がついた。

つまり、二人がこの孤児院であと数年生活すれば、もらい手の一人くらいは現れるということだ。

（ある意味、それがこの仕事のゴールか）

誰と結婚するのか知らないが、余りの先の長さに辟易する。

だが、院長である以上、仕方ないことだろう。

それに一度始めたことを途中で投げ出すのは癪《しゃく》だ。

（致し方ない。何とか我慢してやることにしよう）

俺はそんなことを考えながら、今度こそゆっくりと夢の世界へと落ちて行ったのである。

8．孤児院を破壊する者

コンニャクの販売も軌道に乗って一週間ほど経った。

ギリギリではあるが毎日食べていけるだけの収入が手に入るようになり、孤児院での暮らしは安定し始めている。

もちろん、今作っているコンニャクの原料には限りがある。だから次の商品を考えていく必要はあるだろう。

だが最初に比べれば収入源が出来たというだけで大きな進歩だ。

（ふ、ひとえに俺の八面六臂《はちめんろっぴ》の働きのおかげだろう）

俺は裏庭の畑に水をまきながら自画自賛する。

するとリュシアが俺の方を見て、

「先ほどから機嫌がよさそうですが、どうかされたのですか？」

と聞いて来た。

「俺の奮闘によって安定的な収入源が出来ただろう？　そのことを思い返していたんだ」

「そうだったんですね。確かにご主人様はすごいです！」

リュシアがニコリとして言った。

だが、手伝いもしないのになぜか庭の隅に佇むエリンが口を挟む。

「それだけじゃないだろ？　ほら、客からも可愛い看板娘がいるって評判になってたんじゃなかったか？　つまり、誰のおかげだ？　ん？」

「それより水がなくなりそうだな。エリン、水を汲《く》んで来い。どうせ暇だろう？」

孤児院にも井戸はあるがすでに枯れている。水を入手するには離れた場所にある共同井戸まで行く必要があった。

「サラッと無視するんじゃねえよ！　それに何であたしが水汲みなんてしなくちゃならねえ！」

「頼めるのがお前しかいないのだから仕方ないだろう？」

俺はこれから昼食の準備をしなくてはならないし、リュシアには水やりの続きをしてもらわなくてはならない。

水やりは水が温まらない朝のうちに済ませなくてはならないから、分担する必要があるのだ。

……と言っても、エリンが俺の申し出を素直に聞くとは思わないが。とりあえず言ってみただけである。

……だが、

「あ、あたししかいないのかぁ。ふ、ふーん、しょうがねえなあ、マサツグは。あたしばっかりに頼ってさ。しっかたないなぁ。忙しいけど水汲みに行ってやるよ♪」

「……は？」

俺は思わず間抜けな声を上げてしまう。

俺の言うことなど絶対に聞かないエリンが、今回に限っては素直に依頼を受諾したからだ。

（きっと、何か裏が……）

と、そんな風に頭を巡らせようとするが、

「じゃあ、行ってくるぜ！」

「あっ、おい！」

待て、と言葉をかける時間もなかった。やけに張り切った様子で外に飛び出して行く。

「一体、どういうことだ。本当に訳の分からん女だ」

「うふふ、そうですねぇ」

リュシアがなぜか俺を見て微笑んで頷いているのだった。

さて、エリンが出て行ってから一時間ほどが経過した。

本来ならとっくに帰って来ても良い時間だ。

だが、彼女が帰って来る様子はない。

（さすがに遅すぎないか？）

俺は厨房でニンジンを刻みながら訝《いぶか》しみ始める。

どこかでサボっているだけかもしれないが……。

と、その時、ドンドンドン、という玄関の扉を乱暴にノックする音が聞こえて来た。

ちっ、こんな時に誰だ？

俺は苛立ちながら玄関に向かう。まさかエリンだろうか？

だが、玄関口にいたのは、

「……本当に誰だ？」

そこには知らないおっさんが佇んでいたのである。

しかも、ひどく柄の悪い男であった。

男はなぜかニヤニヤとしながら屋内を見回しており、俺の方を見ると、まるで獲物を見つけたような醜悪な笑みを浮かべた。

俺は生理的な嫌悪感と、そして悪い予感を覚える。

「何かご用ですか？　ここはルーナ孤児院です。酒場ではないですが？」

お前の様な者が一体何の用かと言外《げんがい》に問いかける。

しかし、男はそんな俺の言葉を鼻で嗤うような仕草を見せた。

「へへへ、そんな舐めた口をきいてもいいのか？　これが見えないのか？」

男はそう言いながら、一振りのナイフを取り出す。

それは樹木のレリーフがあしらわれた一品であり、普段はこの孤児院に住む少女が持っているものだ。夜は俺が預かるようにしているが、昼間は護身のために返している。

俺がそれに目を留めたことを確認すると、男はいやらしい笑みを浮かべた。

「分かったようだな。分かったならまずはそこに膝をついて詫びの言葉を……」

「貴様、エリンをどこにやった。早く答えた方が身のためだぞ」

俺は相手が何か言いかけているのを無視して告げる。

こんな馬鹿にかまっている暇はない。

が、男は俺の反応が予想と違ったのか、一瞬キョトンとした後、青筋を立てながら口を開いた。

「てめえ……。馬鹿にしてんじゃねえぞ、小僧。いや、そんな口もすぐにきけなくなるがなあ。何せ今から俺がこの孤児院をぶっ潰しちまうんだからよお。泣いて謝っても許してやらねえぜえ。せいぜい自分の不幸を呪うんだなあ！　おおっと、抵抗するんじゃねえ。抵抗すりゃあ、どこに攫《さら》われたかも分からない、あのエルフの小娘がただじゃ済まねえぞ！」

「貴様、誘拐までして、一体なぜこの孤児院をぶっ潰すなどと……」

「がはは、てめえが知る必要はねえ！　そこで孤児院が破壊される所を指をくわえて見ているがいいさ!!」

男は言い終わるや否や、後ろ手に持っていたハンマーを振り上げると、いきなり孤児院の壁にたたきつけたのである。

元からボロボロの建物だ。

その衝撃に耐えられるはずもなく、ガラガラという音を立てて壁の一部が崩れ落ちた。

「何をする!!」

俺は怒声を上げる。

すると次の瞬間、チンピラの後ろから女の声がした。

「アハハハ!! 見せたいものってこれ？ やっちゃえ、やっちゃえ!!」

「おう、見とけよ。すぐに更地《さらち》にしちまうからよお!!」

そのやり取りを聞いて俺は一つ理解する。

どうやらこいつにとって、この孤児院を壊すのは、後ろにいる女を楽しませるためのちょっとした余興らしい。

俺たちの様な社会からあぶれてしまった者たちが、どれほど苦労しながら毎日を生きているかなど一切関係がないのだ。

当然だろう。なぜなら孤児院で暮らす弱者を助けてくれるような酔狂な輩は、この世の中に存在しないのだから。

弱者は常に強者にいたぶられ、文句を言う権利など与えられない。

強者とは嵐のようなものだ。弱者とはその嵐に翻弄《ほんろう》される小舟だ。嵐が過ぎ去るまではその蹂躙をひたすら耐え忍ばなくてはならない。

それがこの世界のルール。

（異世界ですら変わらない、世界共通の不文律という訳か。なるほど、どの世界であっても弱い者をいたぶることで優越感に浸る下劣な連中というものはいるものだ）

俺は妙に感心する。

……が、こいつは一つ勘違いをしている。

「間抜けな奴だ……」

「へへへ、はあ？　お前一体何を言ってやがる。悔しくて頭がおかしくなったのか？」

「言いたいことはそれだけか？」

「へっ、てめえみてえなガキが粋がっても怖く……っ⁉」

チンピラの男が俺の言葉に反応したのと、それが起こったタイミングはちょうど同じであった。

バキッ！

ズバッ！

ボコッ！

そんな鈍かったり鋭かったりする音と、

「んぎえええええええええ⁉」

聞くに堪えない悲鳴が周囲一帯に響き渡ったのである。

そう、俺が手を振り上げ……たまま、何もしていないのに。

………何が起こった？

「……俺が追い払うつもりだったんだが、これは想定外だったな」

俺は振り上げた手で頭を掻きつつ、目の前にうずくまる男を見下ろしていた。

一体何が起こったのかと言えば、俺がチンピラと一戦交えようと決意した時、孤児院にあった家具や調理器具などが一斉に男へとびかかったのだ。

おかげで相手は一瞬で満身創痍《まんしんそうい》の状態だ。

「ぎ、ぎざまあ……。お、おでに逆らえばどうなるかぁ、わがってでんのがぁ!! エルフのクソガキがただでは済まないんだぞおおおお!! てべえには場所が分からないだろうがあああああああああああ」

どうやら、家具に襲われたダメージのせいで、顔が歪んでしまってうまく喋れないようだ。

「ふ、笑わせに来たのか？ このゴミが。だが、まあ何を言いたいのかはおおよそ察しがつく。しかし、それこそ間抜けというものだ。俺にはそのクソガキの場所が分かっているからな」

一瞬男の動きが止まった。そして目を見開くと、

「う、うぞだ！ ぞ、ぞんだ訳あるがっ……」

「血が飛んだぞ！ 孤児院を汚すな、馬鹿が!!」

せっかく朝に拭き掃除を済ませた所だというのに!!

俺がそう抗議した途端、どこからともなく孤児院の家具……椅子が飛んで来て、チンピラの股間を直撃する。

玉がつぶれたのか、「プチッ」という音が二つ聞こえた。

「うぎひいいいいいいいいいい!!」

さすがの俺も目を覆う。

さて……、

「エリンを迎えに行かなくてはな。時間がない」

倒れたチンピラを放置し、早速行動を開始しようとした、その時である。

「ひ、ひいいいいいいいいい!?」

実に耳障りな女の金切り声が聞こえてきたのだった。

「ん？」

と、俺が顔を向けると、しりもちをついた見知らぬ女性が後ずさりしていた。化粧がテラテラと光り、露出の激しい服をまとっている。

「誰だお前は？……って、ああ、そういえばいたな。存在を忘れていた……。だがちょうどいい。このゴミを持って帰れ。ここにあると邪魔なんでな？」

「ひ……ひい……。わ、私を誰だと思ってるの!?　私はその人に買われた、この街の娼館のナンバーワンよ!!　あ、あんたなんかが声をかけて良い存在じゃないんだからね!!　面白い光景を見せてやるって言うから付いて来たのに！　な、何なのよコレはぁ！　あ、あんたじゃなくて、なんで私たちがひどい目にあうのよおっ!!」

そんな身勝手な文句をヒステリックに喚き散らす。

やれやれゴミの連れはやはりゴミだな。

だが俺はそんなことよりも別のことに驚愕する。

「お前程度の女が王都のナンバーワンなのか？　何かの冗談だろう？　その性格の悪さは置いておくにしても、その娼館、レベルが低すぎるんじゃないか？」

真剣に疑問を呈する。

すると、女は顔を真っ赤にして、

「な、何ですって⁉　正真正銘、一番の娼館よ。つまり私より美人はこの街にはいないんだから！あ、あんたみたいなガキには分からないでしょうけどね‼」

と叫んだのである。

だがその時、俺の後ろから、

「あのう、ご主人様。さっきからいきなり椅子や包丁が勝手に飛んで行ったりしているのですが……。大丈夫ですか？」

そう言ってリュシアがヒョッコリと姿を見せた。

「……え？」

ナンバーワン娼婦が呆けた声を上げる。

（無理もあるまい）

思わず同情してしまう。

何せレベルが違いすぎるからな。

孤児どもを褒める様で気に食わないが、俺も普段からこいつを見ているせいで目が肥えてしまった。

　今更、この程度の女が一番などと言われても苦笑いしか浮かばない。

「さあ、これで分かっただろう？　お前など一般人とさほど変わらん。無論、頼まれても買うつもりもない。そういう訳で、もはやお前に出来ることは、そこに倒れているゴミを連れ帰ることぐらいだ。何度も言うが、邪魔だからさっさと帰れ。お前の様な奴でもゴミ捨てくらいは出来るだろう？　愉快な顔の者同士、せいぜい仲良くするんだな」

　俺が淡々と言うと、女は余りに悔しいのか、

「く、ぐぐぐ、くうううう、ナンバーワンの私に向かってぇ……。こ、今回のことはオーナーに報告するわ！　お前がいきなり暴力を振るったってね!!　そして、この孤児院をメチャクチャにしてやる！　お前とその娘、それに攫ったエルフも、全員ひどい目に遭わせてやるんだから！　生き地獄を味わわせてやる!!」

　その言葉に俺は皮肉気に唇を釣り上げる。

「ふ、馬鹿な女だ。さっき悪意を向けた男がどうなったのかもう忘れたか？」

「はあ？　何を訳の分からないことを……えっ!?　ぎゃあああああああ!!」

　娼婦が悲鳴を上げた。

　突然、蜂《はち》の群れが襲いかかったからである。娼婦のみを狙って攻撃している。

「はぁ、言わんこっちゃない」

「ひい！　顔はやめて、顔はやめてえええええ!!」

「おい、もういい加減茶番は飽き飽きだ。最後にもう一度言う。そのクズを連れて早く帰れ。それから俺のことをオーナーに報告するようなら、もっとひどい目に遭わせるぞ。分かったか？」

「わ、分かりまじだああ！　ひいいいいいいいいいいいいいいいい」

娼婦は男を担いで這《ほ》う這《ほ》うの体《てい》で逃げ帰った。火事場の馬鹿力というやつか。

まあ、完全にどうでもいいことだがな。何にせよアレだけ脅《おど》しておけば、おいそれと俺に復讐しようとは思うまい。

そんなことを思いつつ外出の準備をする。

「ご、ご主人様、いまの話、エリンちゃんが攫われたって……」

「ああ。だが安心しろ。何せ、そう遠くではない」

「!?　そ、それって」

俺は頷いてから駆け出す。

あの男が来訪した瞬間から『守る』スキルが発動していた。

どういう能力なのか未だに把握しきれないが、一つ確かなことがある。

それはエリンがプチ家出した時と同様、彼女の居場所が手に取る様に分かるということだ。

(リュシアの病を完治させ、凄まじい戦闘能力を発揮し、孤児の居場所を特定する能力《スキル》か)

それに今回なぞは危害を加えて来た相手に無機物や虫が勝手に襲いかかった。

本当にどういうスキルなのだろう。

俺は風の様なスピードで移動しながら首を傾げていた。

＊＊＊〜act-tune　エリン〜

（ドジった。ナイフを取り上げられちまった）

あたしは悔しさに歯噛みする。

場所は薄暗い倉庫の中だ。あたしがマサツグに言われて井戸の水を汲みに出た所を、いきなり攫われてこの場所に放り込まれてしまった。魔法を使う暇もない。

（人攫いか？　あたしを売ってお金をどうとか言っていたが）

どうやら十人程度で行動しているらしく、今この倉庫の前にも四、五人が警備のためにたむろしている。

猿轡《さるぐつわ》をされた上に後ろ手に縛られていて、身動きすら取れない。

隙をついて逃げ出すことは難しいだろう。

（人売りだとすれば、売られれば最後。地獄だ）

一年も辛酸をなめて来たあたしだ。王女をやっていた頃には知らなかった世の中ってものも、すでによく知っている。

幸いにも自分にそうした不運が巡ってくることは、奇跡的に今までなかった。だが、今回はさすがにそうもいかないようだ。

（死ぬまで抵抗する気持ちはある。殺されちまうかもしれないけどな）

死ぬのは怖くない。

……怖くはない、だけど、死んだらあの孤児院に二度と帰ることが出来ない。そう思うとなぜかひどく悲しい気持ちになった。

（なんでだろう？）

あたしは首を傾げる。

楽しい場所ではなかった。建物はボロボロで隙間風が吹き込み、夜はひどく冷えた。お金がないから食事は質素だったし贅沢など出来るはずもない。喧嘩は日常茶飯事だったし、泣かされた日だってある。

……でも。

（でも、あたしはあの場所が……）

……ああ、そうか。

あたしは唐突に気づく。

（あたしは、あの場所のことをいつの間にか気に入っちゃってたんだなあ）

そんな事実に今更ながらに気づいた。

マサツグと喧嘩をしたら、リュシアが必ず仲裁に入ってくれた。わずかばかりのお金を稼ぐためにみんなで汗水たらして土いじりをした。慣れない接客をリュシアに教わりながら頑張った。

それはあたしに、かつて失った家族の温もりを与えてくれていたのだ。

（帰りたいな）

そんな思いがふつふつと湧いてくる。

それに、たとえ死ぬんだとしても、あたしにはその前にどうしても確かめておきたいことがあった。

（あたしがもし死んだら、マサツグは悲しんでくれるかな？）

ということだ。

いや、死んだら確かめられないんだけど。

と、そんなことを考えるのと同時に、

（なんで、あたしはマサツグのことがこんなに気になるんだろう……）

彼はお父様ではない。真っ赤な他人だ。

最初に会った時、なぜか少し似ているような気もしたが、今では気のせいだったと分かる。

ガサツで乱暴で優しくない。いつも仏頂面をしていて、微笑んでもくれない。

お父様とは全く似ても似つかない別人だ。

（なら、本当にどうしてなんだろ……）

今だってあたしはどう行動するのが一番マサツグにとって好ましいかを考えている。

やっぱり徹底的に抵抗した方がカッコいいと褒めてくれるだろうか？

子供らしく泣きわめいた方が可愛らしいだろうか？

それとも……。

そんなことを考えていると、倉庫の前が少し騒がしくなり始めた。

（ちっ、いよいよか……）

あたしは現実に引き戻される。

とうとうあたしを売り払う算段がついたのだろう。どこかに移送するつもりだ。

（だが、そうは行くか！）

あたしは徹底抗戦を決意して覚悟を決める。

あのマサツグがメソメソしているあたしを可愛いと思うとは思えない。

ここは徹底抗戦一択だ！

何が出来る訳でもない。でも、とりあえず足は動く。まずは思い切りダッシュして頭突きをお見舞いしてやる!!

キィときしんだ音を立てて古びたドアが開いた。

あたしはそれに向かって猛ダッシュする。そして、全身のバネを使って頭から人攫いどもにぶつかって行った！

手ごたえあり！

次は股間を蹴り上げて……、

「おい、待て。一体何の真似だ」

その声にあたしはピタリと動きを止める。

そして、恐る恐る顔を上げた。

そこにはいつも通りの呆れ顔であたしを見下ろすマサツグがいたのである。

「ち、ちがうんだよ、これはだな！」

猿轡を外してもらったあたしは言い訳をしようとする。だが、

「ふ、まあ、助けてもらいたくないというなら、ここに置いて行くとするか」

彼はそんなことを言ってプイッと顔をそむける。

やっぱり怒らせてしまっただろうか。

せっかく助けに来てくれたのに、お礼を言うどころか攻撃を仕かけてしまったのだ。

怒るのも無理はない。

このままじゃ嫌われちゃう！

「そ、その……」

「ふふ、なんてな」

「ご、ごめ……へっ？」

マサツグは怒るどころか、少し微笑みながら言った。

……微笑みながら⁉

「攫われたというのに、立ち向かっていくとは大したものだ。ふふ、ただのわがままなお転婆姫かと思ったが、大した奴だな、お前は」

そう言って目元をほころばせる。

「俺も色々な目には遭ったが、お前ほど勇敢ではなかったぞ」

「……」

だが、あたしにはもう彼の言葉は聞こえていなかった。

その笑顔から目を離せなかったからだ。

「さあ、いつまで呆けている。本当においていくぞ」

彼はそう言ってあたしに手を差し伸べる。

あたしは考えることも出来ず彼の手を取った。

その時、ちらりと彼の後ろに広がる光景が見えた。

「!?」

それは十人以上の屈強で大柄な男たちが成す術もなく地面に倒れ伏す様だった。

それはあたしを助けるためにマサツグが行ったものだ。

そう、あたしを助けるために!

それはまるで、かつてお父様が話してくれたおとぎ話、お姫様を助けに魔王を倒しに来る……、

「騎士《ナイト》様みたい」

ぽつりとそんな言葉が漏れた。

そして、その言葉とともに、あたしは顔がカァっと赤くなるのを感じた。

そう、そうだ。あたしには最初から分かっていた。

この人は戦う人なんだと。

お父様は優しかったけど、戦士ではなかった。

マサツグは優しくない。けれど、何かあった時はきっとそれを守るために立ち上がれる人だ。

それは国を失ったあたしにとって、最も傍にいて欲しい人のことだ。

彼に握られた手が異常に熱く思えた。

「早く立たないか」

「で、でも立てなくて」

なぜか彼の笑顔を見ていると足腰が立たないのである。

「……そうか、まあ攫われた直後なのだから仕方ないな」

（やっぱり置いて行かれる!?）

あたしは悲鳴を上げそうになる。だが、そう思ったのは杞憂《きゆう》だった。

何と彼はあたしを軽々と抱き上げると、ヒョイとお姫様抱っこをしたのだから。

「まったく世話のやける女だ」

そんな乱暴な言葉が、あたしの長い耳の近くでつぶやかれた。

いつもなら皮肉の一つでも言い返す所だ。

が、その時のあたしは彼の吐息があまりに近くて、とてもそれどころではなかったのだった。

長耳に彼の温かい息がかかるたびに身が震えるのが分かった。

心音が彼に聞かれないかと心配になり、余計に胸の鼓動が激しくなる。

あたしはそんな自分の状態が彼に気づかれない様に、身を固くしてギュッと彼の首に抱き着く。

「ああ、そうやって、よく掴まっていろ。振り落とされない様にな」

彼は勘違いしてそう言う。

倉庫の外へ出る。そして、たちまちスピードを上げた。

あたしは舌を噛まない様にしがみつく。

道中一度だけ口を開き、

「なあ、もしあたしが抵抗した相手があの男どもで、殺されでもしたら、マサツグは悲しんでくれたか？」

大した返事は期待していなかった。どうせ鼻で嗤われると思っていたからだ。

だが、マサツグはまじめに、

「食卓は全員で囲むもの……らしい。お前が食卓に現れないと、毎日お前が死んでしまったことを思い出すことになる」

と答えたのである。

（あたしもそうだったな）

お父様もお母さまもみんな死んでしまって、一人で食べる食事は苦しかった。

「うん、帰ろう、あたしたちの孤児院へ」

「当然だ。今更言われるまでもない」

本当に帰れるんだ。

あたしはそれでもう完全に何も考えられなくなってしまったので、そのまま目をつむって彼の体温を感じながら、ルーナ孤児院まで運ばれたのである。

それは、あたしだけの騎士《ナイト》様に家まで送ってもらう幸せな時間だった。

……なお、戻った際にリュシアにその光景を見られてしまい、

「あとでお話しましょうね。エリンちゃん」

と笑顔で言われてしまった。

その表情は普段通りだというのに、なぜか背筋が震えたのだった。

＊＊＊〜act-tune エリン end〜

9. 女神とほのぼの孤児院ライフ

「それじゃあ水汲みに行きましょうか！」

リュシアがそう言って、水桶を持ち上げた。

人攫いどもを再起不能にしてから数日が経過していた。

「畑にまく水がもう無くなったのか。共同井戸に行くとするか。エリンも手伝え」

エリンはニヤリと笑う。

「しょうがねえなあ。あたしがいねえと、なぁんにも出来ねえんだから」

「嫌なら、留守番をしていろ。独りでいたら今度こそ人攫いに売り飛ばされるかもしれんがな」

「そん時は、この前みたいにまた助けにきてくれるんだろ？」

何やら期待した視線をこちらに送って来る。

「馬鹿を言うな。あれは気まぐれだ」

俺は鬱陶しそうに顔をしかめた。

「二人とも何だか仲良しさんになりましたねえ。リュシアも仲間に入れてください！」

リュシアが見当はずれなことを言うので、俺は更にため息を吐く。

「何を訳の分からんことを……。そんなことより行くぞ。はあ、それにしても、贅沢を言うつもりはないが、共同井戸が遠いのがつらい所だな」

往復で半時間はかかるのだから。

「そうですね。でも、仕方ないです」

「ほれ、やっぱりあたしに手伝って欲しいんだろ？」

エリンの言葉は無視して、俺は裏庭にある井戸を見た。

古くからある井戸らしく、桶をつるすための木組みも長年の風雨にさらされてボロボロだ。

もちろん、水はとうに枯れている。

そのため俺たちは毎日一キロほど離れた共同井戸まで、わざわざ出かけなければならないという訳だ。

リュシアの言う通り、仕方ないことだが。

「ないものねだりをしても始まらん。さっさと行くとするか」

俺はそう言って何気なく小石を古井戸へと投げ込む。

当然、固い井戸の底に石のぶつかる「カン」という音が聞こえる……はずだった。

しかし……、

「ぎゃいん⁉」

そんな悲鳴とも言うべき声が聞こえて来たのである。

「「「……え？」」」

俺たちは思わず顔を見合わせた。

俺は警戒して若干後ずさる。そしてリュシアたちは俺の腰にしがみついてきた。

邪魔だが、かまっている場合ではない。

俺たちは悲鳴の出どころである井戸の方を遠巻きに見つめる。

(古井戸の底から響く女の声……。これはまさか)

最大限の用心をする。

……が、次に聞こえて来たのは、

「いたた～。もー、マー君ったら、いきなりお姉ちゃんに石を投げたりするなんて不良さんかな？でもでも、人に物を投げるのは危ないよお。『めっ』なんだからね」

そんな甘ったるい女の声であった。

怒っているつもりらしいが、どこか舌っ足らずで幼さを残している。何やら聞いていると気が抜けそうな口調である。

「……はあ？」

俺が肩透かしを食らっていると、体が半透明の女性が井戸から普通に浮き上がって来た。

「どうやら本物の幽霊の登場のようだな」

まあ、廃墟同然のこの孤児院には似つかわしいが。

「だが時間はまだ朝だぞ？　せっかちな幽霊だな」

「ご、ご主人様、落ち着いてますね。怖くないんですか!?　お化けですよ！　お化け！」

「マ、マサツグぅ……」

そう言いながら二人がくっついてくる。

「お前たち落ち着け。人間の方がよっぽど怖いことは理解しているだろう？　そう考えれば幽霊なんて怖くなくないはずだぞ」

「そ、そんなものでしょうか……」

「あたしは無理。だからマサツグに守ってもらわないと！」

エリンは本気で恐怖に駆られているのか俺に抱き着いてくる。

「エリンちゃん、抜け駆け禁止って約束したのに！」

よく分からないことを言って、やはりリュシアも俺に抱き着いて来た。

……ふむ、確かによその家では躾《しつけ》のために悪いことをしたらお化けが出るとか、夜更かしをしたら攫いに来るものだと教えると聞いた。

俺の家は荒れていてそれどころではなかったが、普通子供というのはお化けが怖いものなのだろ

う。

だからこうして人に抱き着くほど怖がるのも仕方ない。鬱陶しいが甘受するしかあるまい。

（ん？　だが、エリンは魔法を使う際に確か精霊を操っていたはずでは？）

精霊と幽霊は別物なのだろうか。

そんな疑問が頭をかすめたが、幽霊が近づいてきたのでそちらへ意識を切り替えた。

「で、お前は誰なんだ？　これから水を汲みに行く所なんだが」

その幽霊はリュシアやエリンとは違いスタイルが良かった。水色のロングヘアーと宝石のような瞳が印象的で、控えめに言っても美しい女だ。

スキルが発動している様子はない。悪意はなさそうだが……。いや、この場合は悪霊ではなさそうだが、というのが正解か。

するとそいつはニコニコと微笑みながら、

「もう、マー君ったら！　私は幽霊なんかじゃないわよ。この大陸の水の精霊たちのとりまとめをやってる精霊神！　その名もシーお姉ちゃんなんだからね!!　気楽にシーちゃんって呼んでくれたらオッケーよ！」

そう言ってウインクする。

精霊神か、なるほどな。

「そうか、そうか、あの精霊神か。それはすごいな。本当に。それで、その精霊神とやらが何の用だ？　出来れば治療にかかるべきだとは思うが」

「って、マー君信じてくれてない！　お姉ちゃんのこと信じてくれてないんだ!!　ひどい、ひどいよマー君。せっかくこうしてマー君のおかげで出てこれたからお礼を言いに来たのに!!」

お礼？　どういうことだ？

「というか、なんで俺は『マー君』などと呼ばれているんだ？　あと、俺は姉を持った覚えはないんだが」

俺がそう言うとシーはあっけらかんかんと、

「お姉ちゃんはお姉ちゃんよ。おかしなことを言うマー君。十万年以上生きる私の方が年上だもん。だからお姉ちゃんで、マー君は年下だからマー君よ！　ナオミ・マサツグ君にリュシアちゃんにエリンちゃん。封印が弱まったおかげで、あなたたちの会話をお姉ちゃん全部聞いてたの！」

十万年だと……？

「それで……なるほど……頭が……」

俺は神妙にうなずく。

「今すごい失礼なこと考えてたでしょ！　違うからね、わたし別にボケてないから！」

……おほん、とシーは咳ばらいをしてから、

「そ、それでね、話を戻すとね、私が出てこれたのは全部マー君のおかげなの！　この土地のケガレを数日で完全に浄化してくれたおかげで、土地ごと封印されていた私も復活することが出来たってわけ!!　なんと千年ぶりに!!　本当だったらあと十万年はケガレを集め続けて、精霊神の私を封印し続けるはずの呪いを、たった数日で解呪しちゃうなんて。神様でも無理なことなのに……さっ

すがマー君！　すごい!!……っていうか、本当に神様だったりする？　神様が変装してるだけだとか？」

よく分からないことをよく分からないテンションでまくしたててくる。

「残念ながら、神様などという人が困っている時に何もしないような無能と一緒にはしてほしくないものだ」

俺がそう言うと、自称精霊『神』の彼女はすんなりと頷いた。

「だよね、だよねえ！　だって神様だってあの呪いを解くことは不可能なはずだもん。無能だよね、ホント！　そんな風に無能だったからこそ私ってば放置されてた訳だしね！　うん、マー君は神様超えちゃってるよ。お姉ちゃん鼻が高い♬」

俺にはお前が神とやらに放置されていた原因が、今の言動の中にあるように思われてならないが……。

「そんなことより、水を汲みに行きたいんだが？」

「あ、そっか、急ぎの用事があるんだよね」

「ボケた幽霊と立ち話をするのが趣味じゃないだけだ」

「ボケてません！　それに幽霊じゃなくて精霊神！　私の言ったこと何一つ信じてくれてないよ！」

俺はため息を吐く。

「いいから用件を言え、用件を」

このままでは埒《らち》が明かん。するとシーはたちまちニコニコとして、

「えへへ、やっぱり優しい。うん、お姉ちゃん、マー君に決めることにしたよ！」

……はあ？　脈絡という物が一切ない女だな。一体何を決めたってんだ？

「私たち精霊神は生涯に一度だけ伴侶を持つことが許されてるの。だから……わたし……マー君と結婚することにするね♪」

（はあ⁉）

「お姉ちゃんね、病める時も健やかなる時もマー君の隣にいることを誓っちゃいたいの！　温かい家庭を作りましょ！　うん、子供は十人欲しいな。ね、一緒に幸せになろ、マー君‼」

そう言って熱い眼差しを向けてくるのであった。

「すまないがタイプじゃない」

丁重に断ることにした。

「……ええぇ⁉」

「何を驚いている……」

「そ、そんな……。そんなのやだよ、マー君……。わたし、マー君みたいな強くて無欲で優しい人じゃないと結婚なんてしたくない。お願いよ、マー君、お姉ちゃんと結婚しよ？　そ、それにね、ほら、精霊神の夫になれる人なんて、ほとんど存在しないんだよ？　激レアだよ？」

激レアとか精霊神が言うんじゃない。

「残念だが俺には精霊神とやらに興味などなくてな。それよりも今はこのガキどもの世話で手一杯だ。すまないが他を当たってくれ」

そう言って踵を返そうとする。

「れ、霊格も最上級で、最終的には神様に神化出来る可能性も……」

「いらん、いらん。神などやりたい奴がなればいい。少なくとも俺には興味がない」

「半永久的な命とか」

「……そして、お前の様になるのか……。さすがにそれはキツいな……」

「それって地味に傷つく!?」

「はぁ、まあいずれにせよ興味のない話だ。さあ、俺も暇ではないんでな」

すると精霊神ことシーは、

「う……」

「う?」

「う、え……」

みるみるその大きな瞳に涙を溜めると、

「う、う、ふ、ふえええええええん。お、お姉ちゃん、マー君に嫌われちゃったああああああ」

急にぎゃん泣きを始めた。

「お、お姉ちゃんを見捨てないで、マー君、わ、わたしマー君のために何でもしてあげるから。ね？ ね？」

縋り付いて来ようとする。

うざいので手で頭を押さえて近づけない様にした。

「むぐぐぐ……えっと、た、例えばだけど……そ、そうだ！　これ！　この枯れ井戸を使えるようにします！　綺麗な水が出るから遠出しなくて良くなるわ！……ね、ねえ、これでどうかな？　ちょっとは役に立ちそうでしょ？　精霊神のお姉ちゃんも捨てたもんじゃないでしょ？　だから、ね？　ね？　お願いだから帰れなんて言わないで～。伴侶になれなんてもう言わないから、お姉ちゃんをせめて傍にいさせてよ～。ふぇぇぇぇぇん」

はぁ、と俺はため息を吐く。

「……どこまでも面倒な奴だな。分かったから泣き止め。別にお前を嫌っている訳ではない。ベタベタされるのが嫌なだけだ」

そう言うと、シーはたちまち涙を引っ込める。

いや、それどころか頬を染めて俺を見つめて来た。

「き、嫌いじゃないって……。そ、それってお姉ちゃんと結婚してもいいってことだよね！　な、なーんだ、マー君ったら、て・れ・や・さ・ん♬」

そう言って微笑んだ。

「やはり嫌いかもしれん。さっさと出ていけ」

「そんな!?」

と、くだらないやりとりをしていると、今まで黙っていたリュシアとエリンが口を開いた。

「えーっとご主人様、お話中の所申し訳ありません。シーさんと少しお話をしないといけませんので」

「マサツグ、これだけは言っておくぞ？　その女の胸についた無駄な脂肪は大したもんじゃない。あたしだって二年後、三年後には、それくらいになってるはずだ」

訳の分からないことを言ってシーを引っ張って行った。

(霊体をどうやって引っ張っているんだ)

と思ったが、いつの間にか実体になっていた。

どうやら人間（？）の状態にもなれるらしい。

さて、三人が行ってしまったので俺は今後のことを考える。

さしあたってシーを受け入れるのかどうかだ。

精霊神などと名乗っているが恐らく嘘に違いない。あれで神とは詐欺も良い所だ。そのうち雷に打たれて死ぬだろう。いや、もう死んでいるのか。

それに孤児というのも無理がある。十万歳を超えていると言っていたのだ。彼女のボケ具合から言っても真実だろう。

このことだけを考えればただの厄介者であり、孤児院に受け入れるという選択肢はない。せいぜい老人ホームが妥当な行先だ。

だが、

(受け入れよう)

俺は即決する。

その理由は『井戸が使えるようになる』からだ。

その効果は農作業だけにとどまるものではない。まず料理のレパートリーがかなり広がる。水をたくさん使う麺料理は避けて来たが、今後は気にしなくて済むのだ。それに洗い物も水をけちらずにたっぷりと使えるようになる。汚れを落とし放題である。

（それに何より風呂を朝一番で沸かして入ることが出来るようになる！）

家事全般に対する好影響は計り知れない。

ならば受け入れざるを得ない。誰でも同じ判断をするだろう。極めて合理的な思考と言えた。

「まあ、それに十万歳を超えると言っても、明らかに精神年齢はリュシアたちより低い」

子供……いや、犬《ペット》一匹を飼うようなものだと思えばいい。

……むしろ気になっているのは彼女が言った、ケガレを数日で完全に浄化した、という話だ。

覚えがあるとすれば俺のスキルであるが、何ゆえ『守る』スキルがケガレを浄化することになるのか分からない。

そんな風に頭を悩ませていると、リュシアたち三人が帰って来た。

リュシアとエリンはなぜか一仕事終えた後の様なさっぱりとした表情をしているが、その一方でシーはうつろな目をしている。

と、シーの口からつぶやきが漏れていることに気が付いた。

「第三夫人……わたし一番お姉ちゃんなのに、第三夫人……」

俺にはその意味が分からず、リュシアたちに聞いてみるのだが、なぜか言葉を濁して教えてくれないのだった。

まあ、強いて知りたい訳ではないがな。

ともかく、こうして孤児院に三人目のメンバーが加わったのである。

「やれやれ、更に厄介ごとが増えたか」

そんな俺のうんざりとした呟きが朝の澄んだ空気に溶けて行った。


「ご主人様、お手伝いすることはありませんか？」

「は～、暇だなぁ。今だったら何か用事を頼まれたら、引き受けてやらないでもないんだけどなぁ……」

「もうマー君ったら頑張り屋さんなんだから♪　でもでも、弟を助けるのがお姉ちゃんの役目なんだから、いーっぱいお姉ちゃんに頼って甘えてくれていいんだよ♬」

そう言ってリュシア、エリン、シーの三人が俺にまとわりつく。

（鬱陶しい……）

なぜかガキどもはやたらと俺の周りをウロチョロとしていることが多い。

俺としては独りで落ち着いて今後の孤児院の経営のことを考えたいのだ。

だから、こいつらには適当に外で勝手に遊んだりしていてもらいたいのだが。

「ねぇ、ご主人様、肩でも揉みましょうか？」

「余計な気を遣うな。まったく……いや」

と、俺は唐突に気づく。

「もしかして、遊び方を知らないのか？」

なるほど、きっとそれだ。

元奴隷に元お姫様、そしてボケ幽霊だ。まともな遊戯を知らないのもうなずける。

これでは遊べと言っても、どうやって遊べば良いのか分からないだろう。

だが、俺も女子の遊びを知悉《ちしつ》している訳ではない。

「……何か俺でも教えることの出来る娯楽があれば……」

と、その時、不意に良さそうな遊びを思い出したのである。これなら大した準備もいらない。

そう、それは……、

「お前たちにオママゴトという遊びを教えてやろう」

俺はそんな提案を彼女たちにしたのであった。これで多少でも静かになればいいと心底思いながら。

……が、

「なんで俺が父親役をせねばならん！」

「で、でもご主人様しかお父さん役は務まりませんし。それにオママゴトをするにはお父さん、お母さん役の両方がそろっていないといけないようですし」

墓穴を掘った。

いや、一度オママゴトという遊びを教えるために、俺が父親役をやることは百歩譲って良しとし

よう。だが、

「なんでお前たち三人ともが母親役なんだ」

子供役とかお姉さん役とか、他にも色々あるはずだろうが。なんで三人とも母親役をすることになっているんだ。

「あ、あのご主人様。私どうしても一度お母さん役をやってみたいんです！」

「あ、あたしはいい母親になると思うぜ？　お母さまはすっげえおっぱい大きかったからさ。期待していいぜ？」

「うんうん、お姉ちゃんも三人が奥さん役をすることに大賛成♪　マー君が将来重婚した時のための練習になるね♬」

最後にシーが発言した。

……ん？

「ペットとは結婚出来ないはずだが？」

「わたし、もしかして住人扱いされてないの⁉」

「きゃんきゃん吼《ほ》えるな。一日寒空の下、飯抜きで番犬ごっこをさせるぞ」

「むしろペット以下⁉」

はぁ、と俺はため息を吐く。

「まぁ、いいさ。たかだかオママゴトだ。好きにすればいいだろう」

こんな真似をするのはこれが最初で最後だからな。まあ、前代未聞の構成だが……。

その言葉に三人は、

「獣人の神リオネル様、ありがとうございます。リュシアは幸せ者です、ぐす」

「なんだよ、やっぱりあたしとカップルになりたかったんじゃねえかよぉ」

「もう、マー君ったら、素直じゃないんだから♪」

などと笑みを浮かべながら言うのであった。

一方の俺はもう一度ため息を吐く。

ともかくこうしてオママゴトが始まったのである。


まずは父親役の俺が仕事から帰って来たシーンかららしい。

「おかえりなさいませ、ご主人様。ご主人様がいない間、リュシア、いい子にして待ってました！

だ、だからナデナデを……」

「こう見えてもあたしは料理が得意なんだ。今日は特別にあんたのために作ったんだ。感謝しろよな」

「お姉ちゃんだってマー君のために手伝ったのよ。腕によりをかけて作ったから食べて食べて♪

あっ、ご飯よりお風呂かな？　そっちも準備ＯＫよ♪　一緒に入ろうね？　お姉ちゃんマー君のこと隅々まで洗ってあげるからね♬」

（どういう状況なんだこれは……）

俺は頭痛がし始めて額を押さえる。

これは俺の想像していたオママゴトではない。

どこの世界に三人の妻に迎えられるオママゴトがあるというのか。

「ご、ご主人様どうなされたんですか？　お腹が減ってらっしゃるんですか？　それでしたらご飯になさいますか？　あ、それとも疲れていらっしゃるなら、先にお風呂になさいますか？」

リュシアが気遣うように耳を伏せながら俺に聞いてきた。

その対応があまりに堂に入りすぎていて軽く違和感を覚える。

（まるで普段から練習しているかのように不自然な自然さだが……）

「………………ふっ、まさかな」

俺は自身の考えを一笑に付《ふ》す。

常識人であるリュシアがそのような真似をする訳がない。

今だって尻尾を水平に揺らしながら、こちらを不思議そうな瞳で見つめているだけだ。

俺は気を取り直し、飯を注文してみる。

注文を聞いたリュシアが厨房に引っ込み、すぐに食事を持って現れた。湯気が立ち、香ばしい匂いがこちらまで届く。どうやらシチューのようだ。貧乏なので具材は少な目ではあるが。

……というか、なんでただのオママゴトに本物のシチューが出てくるんだ。ママゴトの意味が分かっているのか。これでは単なる新婚生活のシミュレーションのようではないか。

「おい、マサツグ。何ぼーっと立ってるんだよ。どこでも、空いてる席に座ったらどうだ？」

そんなことを考えているとエリンが声をかけてくる。

振り向くと、エリンとシーが長椅子に座っていた。

なぜか真ん中の席だけが空いている。

そしてリュシアの方はテーブルを挟んで向かい側の席に座っていた。

「そこに座るのか？　暑苦しいのはご免だが」

俺はそう言って拒否しようとするが、

「おいおい、マサツグ。知らねえのか？　夫婦ってのは寄り添うもんだろうが」

（……む、なるほど）

俺は唸《うな》る。

確かに、世間では夫婦というのは寄り添いあい、助け合うものだったはずだ。憲法にすらそう書かれている（と習った）。

だとすれば、多少暑苦しい距離を維持するのは普通のことなのだ。

俺がそういった夫婦の在り方を知らないだけで、それが一般的だということなのだろう。

（ふ、これはどうやら俺が無知だったようだ）

俺は非を認める。

そういう訳ならば寄り添われてしまっても許容せざるをえまい。

「はい、アーンってしてください。ご主人様」

と、そんなことを考えているうちに、いつの間にか座らされてしまった。

間をおかず、リュシアがテーブルに乗り出すようにしてスプーンを差し出して来る。

身体が小さいせいか、かなり前かがみになりながらだ。

すると当然ながら、彼女の着ている服の隙間から胸元が見えそうになってしまう。

無論、こんなガキに欲情するほど俺は変態ではない。

だが、じろじろと見る訳にもいかない。

出来るだけ見ない様に目をそらそうとする。

だが、そうすると料理を食べることが出来ないのだ。

食べるためには目をリュシアの方に向けなくてはならず……。

すると、やはり膨らみかけの果実が目に入って……、

(なぜ俺がこんなことに気を遣わなくてはならない！)

……というか、先ほどからどういう訳か実に絶妙の角度で見えてしまうのだが、なぜだろうか。

俺が視線を逸らしても、その視線を追う様にリュシアが体をずらして来るのだ。

「……おいリュシア、どうして体を俺の目の前に持ってくる？」

「ええっ!? そ、それはですね……あの、その、もちろんご主人様にアーンして差し上げるためです。ね、ご主人様、アーン」

それはそうか……。

それにリュシアがわざわざそのような真似をする理由がない。

どうやら俺の考えすぎだったようだ。

こうして俺は自分に呆れつつ、少女の差し出すシチューを完食したのであった。

（……って、しまった！　別のことに集中するあまり、そもそも差し出されたスプーンで当たり前のようにシチューを食べてしまった）

普段ならば絶対にあり得ないことだ。

（くそ、とんだ失態だ）

まるで前かがみになったのは、全て俺の気をそちらにそらすための囮《おとり》のようではないか。

俺はハッとしてリュシアの方を見る。

もしや、そんな裏が……。

だが、彼女はニコニコとして尻尾を水平に振るだけであった。その表情には何か隠しごとをしている気配はない。俺は負の感情には敏《さと》いのだ。そんな俺が感知出来ないということは、

（やはり俺の考えすぎか）

疲れているのだろうか。やや神経過敏になっているようだ。

ふう、それにしても本格的なオママゴトだった。もう十分だろう。

と、俺が首を巡らせると、瞳をキラキラとさせたシーと目が合った。どうやら、シーも何かしたいことがあるらしい。

「じゃあ、終わるとするか」

「ええっ⁉」

シーが絶望に満ちた声を上げた。

「ちょ、ちょっと待ってよマー君。わたしもやってみたいことがあるの！　何のために千年の眠り

から目覚めたの？　マー君とオママゴトするためだよ⁉」

「？　お前の目覚めた理由は確か、人類を皆殺しにするためだったと思うが？」

「お姉ちゃん悪霊扱いされてる⁉　ち、違うから！　お姉ちゃんは神魔大戦でも大活躍した善良な女神だから‼」

「ああ、そうだな。分かってるさ。俺はよく分かってる。だが、絶対に近所でそんなことを言うんじゃないぞ？　おかしな噂が立つと大変だからな」

「全然信じてくれてない！」

やれやれ、本当にキャンキャンとうるさいな。

黙らせるにはさっさとこいつのオママゴトの番を済ませてしまう方がよさそうだ。

「分かったから、お前のしたいことやらを、さっさと済ませろ」

「ほんと⁉　やったあ‼」

シーはたちまち嬉しそうな笑みをこぼす。

「じゃあ、お姉ちゃんがマー君の赤ちゃんを身ごもったシーンからね♪」

……何だと？

「よりによって、なんでそんなシーンなんだ……」

もう少し適当な場面があるだろう？

「嫌！　嫌だよ、マー君。わたし、わたしマー君と生まれてくる赤ちゃんの名前を考えたい！　それで生まれてくる子供には寝る時にパパとどんな風に名前を付けたか語り聞かせてあげるの！」

は～～～……。

「勝手にするがいい」

しょせんままごとだ。いちいち気にする方が疲れる。

「ほ、ほんと⁉　お姉ちゃん嬉しい♬」

シーはニコリと微笑む。

「お姉ちゃんね、男の子にはレン君で、女の子にはレイラちゃんって名前を付けたらどうかなって思うんだ。マー君はどう思う？」

そう言って自分のお腹を撫でながら問いかけて来る。

「腹が痛いのか？　トイレなら独りで行けよ？」

「違うよ！　ほら、ここにマー君の子供がいるんだよ」

「そうか。……だが、残念ながら俺には覚えがないな。申し訳ないが認知するつもりはない」

「演技でいいから！　話が進まないよ！」

ちっ、仕方あるまい。

「はあ、そうだな、可愛くて良い名前だな」

俺の言葉に、シーはたちまち満面の笑みを浮かべお腹を撫でた。

「お姉ちゃんね、子供は十人くらい欲しいんだ♡　だからあと九人作ろうね。名前も全部考えてあるから安心して♪　男の子だったら、ノア、ケルン、ジャック、ルーク、ディラ、レビイ、ジュリアン、アレク、ヘンリィね。女の子だったら、アンジェラ、シエラ、レイン、テレーズ、モニカ、ノエル、アニイ、ソフィー、ジュリアだよ♬　どうかな、マー君、いい名前でしょう？」

「……一つ質問だが、なぜそんなにスラスラ名前が出るんだ？」

「もう、マー君ったら、何言ってるの？　毎日考えてるんだから当たり前じゃない？」

やっぱりホラーじゃないか！

「はあ、もういいだろう。オママゴトはここまでにする。俺は仕事がある。これにて解散だ」

俺は本能的に危機感を覚えて終了宣言を行った。

「ご、ご主人様、わ、私も妊婦さん役やってみたいです‼」

「あ、あたしだったらもっといい名前を付けてやれるぞ？」

そんな声が上がるが、俺は断固として無視するのであった。

それにしても段々とこいつらの態度が慣れ慣れしくなってきているように思うのだが気のせいだろうか？


さて、日頃無駄に騒がしく、最近では恐らく悪霊だろうと確信が深まるばかりのシーという女だが、こいつが来たことで水に困ることがなくなった。

まあ、その特技ゆえペット枠として受け入れた訳であるが。

この清水の舞台から三回転捻りをしながら飛び降りという蛮勇がごとき果断なる判断によって、大きな成果を得ることが出来た。

一つには畑の水やりが楽になったことだ。

枯れ井戸が復活したことで、そこから水を汲めるようになったのである。

先日、植えたコンニャクイモの芽も元気に顔を出している。

まるでシーが水の精霊のようである。

そしてもう一つが、

「さて、今日の仕事は終了だ。風呂にでも入って来るかな」

そう、このボロボロの孤児院における唯一の良心と言ってよいのが、かなりでかい浴槽が完備されていることなのだ。

シーは魔法によって自由自在に水を操る。もちろん、お湯を出すことも出来る。

おかげで、ちょうどよい湯加減の風呂をいつでも楽しむことが出来るという訳だ。

今までは共同井戸まで何度も往復して風呂桶に水をためていたので天と地の差だ。いや、むしろ元の世界ですら一瞬で風呂を沸かすことなど出来なかったのだから今の方が便利なぐらいである。

だが、問題がない訳ではない。そして、しばしば問題とは内部に潜んでいる。

俺が風呂場への廊下を歩いていると、

「あっ、ご主人様、お風呂に行かれるのですね？　では、お背中をお流ししますね」

「必要ない。一人で入れる」

リュシアが声をかけて来たので一蹴する。若干足を早める。

「おいおい、それじゃあマサツグが困るだろ？　しゃあない。ここはあたしが背中を流してやるよ」

いつの間にかエリンが隣を速足で歩いていた。

「だからいらんと言ってるだろうが」

更に足を早めた。もはや走っているような速さだ。さすがに追いつけまい。

だが、

「お姉ちゃんも一緒に入るね。マー君もリュシアちゃんもエリンちゃんもみんな一緒に入りましよ？それでみーんなキレイキレイになるの♪」

スイーっと、空中を滑《すべ》る様に幽霊状態のシーが笑顔で滑空していた。

「って、うっとうしいわ！」

俺は思わず怒鳴る。

「何度言えば分かる。俺は一人で入ると言っているだろう。なぜ皆で入らねばならん」

遅れて追いついて来たリュシアとエリンにも聞こえるように言う。

だが、シーは相変わらずニコニコとしながら、

「決まってるよ。その方がきっと楽しいから♪」

俺は頭を抱える。話にならん。

だが、リュシアがコホンと咳払いして、

「ご主人様、シーちゃんのは妄言です。先ほどまで夕食の後片付けをすっぽかして居眠りをされてましたから、まだ夢の中にいらっしゃるんでしょう。だからシーちゃんの寝言は忘れてください」

「そうなのか」

「はい」

「起きてる！　起きてるよ！　あとごめんね！」

シーが必死に声を上げるが、リュシアはスルーして口を開く。

「実はこの提案には極めて合理的な理由があるのです」

「なんだと？」

一緒に入らなくてはならないような理由があるのか？

「はい。なぜなら四人で入らなくては背中の洗いっこが出来ません」

「……ふん、何をいうかと思えば。それがどうした。自分の背中くらい自分で洗えばいいだろう。それくらい造作もない」

「はい、ご主人様は器用ですのでそうしたことが可能でしょう。ですが、私たち孤児は自分の背中を洗おうとしてもまだ体が小さくて難しいのです」

「……そうなのか？」

俺の小さい頃はどうだったろうか。さすがに昔過ぎて思い出せない。

だが、それが本当だったとしてもだ。

「なら、お前たち孤児たちで入って洗い合えばいいだろう。俺が一緒に入る意味などないはずだ」

「いいえ」

リュシアが厳《おごそ》かに首を横に振った。

「それは合理的ではありません」

なん……だと……？　まさか、この俺が不合理な提案をしたとでもいうのか……。

「なぜなら、三人では、輪っかになって背中の洗いっこが出来ないからです！　三角形になってしまいます！　四人でなくてはいっぺんに背中を洗い合うことが出来ません！　輪になることが出来ません！」

そう主張するのであった。

……が、

「……それが一体どうしたんだ？　なら順番に互いに背中を流していけばいいんじゃないのか？」

「い、いえ！　それだと湯冷めしちゃいます！　それに時間も無駄に多くかかることになっちゃいます！　ね、ご主人様、不合理ですよね！」

「いや、そう……か？」

確かに多少の時間短縮にはなるだろうが、それなら冷えて来た段階で一度湯船に戻るなり対策は色々と……、

「そうです！　極めて不合理ですよ。さ、さあ、ご主人様、余り深く考えるのはやめましょう。そんなことよりも、まずはお風呂に入っていち早く疲れを癒すことこそが重要なのですから」

そう言ってリュシアは俺の手を取ると、強引に風呂場へと引っ張っていくのであった。

気のせいか、何やら勢いだけでこの場を乗り切ろうとしているような印象を受けるのだが……。

だが、すぐに風呂場に着いてしまったため、そのことを言い出すことは出来ず、結局少女たちと一緒に風呂に入ることになってしまったのだった。

「ご主人様の国では毎日お風呂に入る風習があったんですよね？」

「いい習慣だと思うぜ～」

「うんうん、お姉ちゃんもマー君やみんなといつもより距離が縮まった気がして、とっても嬉しい♪」

「そんなことはどうでもいい。俺から離れろ」

リュシアとエリン、それにシーが俺にピタリとくっつくようにして湯船の中で談笑にふけっていた。

えー、という声が少女たちから漏れる。

「私、ご主人様の隣がいいです。ぽかぽかして温かいです」

「それは湯の温度のおかげであって、俺は関係がない」

「そんなことはありません」

リュシアがニコニコとした表情を浮かべた。

と、横からエリンがしゃしゃり出てくる。

「んなこと言って、マサツグだってこんな風にあたしらに囲まれて嬉しいだろ？　ほれ、もっとくっついて欲しいならそう言えよな？」

「そんな訳があるか。むしろ、お前たちガキは体温が高いから暑苦しいくらいだ。まったく……」

「た、体温って。マ、マサツグのエッチ!!」

エリンはそう言って慌てた様子で身を遠ざける。

心外もいい所だ。

「エリンちゃんの場所とーった♪　あは、マー君の体温で心も体もポカポカして気持ちいい♬」

そう言ってシーが体をくっつけてくる。

こいつは無駄にスタイルが良い。

俺の腕にくっつくと、見事に豊かな胸が形を変えた。

「……」

「もう、マー君ったら♪　お姉ちゃんにくっつかれて気持ちよくて言葉も出ない？　もっとギューッてしてあげようか？」

いや、と俺は首を横に振り、

「何だか牛に抱きつかれているような妙な気持ちになってな。言葉を失っていたんだ」

「最低の理由だった！　家畜じゃないよ、女神だよ！　水の女神様だからね!!」

「あ、ああ……水牛な……」

「思いっきり動揺してる……。抱きついてドン引きされる女神って一体……」

シーが落ち込んだように肩を落とした。

「そんなことより、そろそろ体を洗うぞ。お前たちと一緒に風呂に入った理由はコレなんだ。早くしろ」

俺はそういって湯船から上がる。少女たちもそれにならった。

言っていたように四人で輪っかのような状態になる。

なるほど、確かにこれなら一度で背中が流せる。

リュシアの言う通りなかなか合理的だ。これは一本取られたな。

輪の順番は、エリン、俺、リュシア、シーの順番だ。つまり、俺はエリンの背中を流してやる。

リュシアは俺の背中を流す。シーはリュシアの背中を流す、とまあそんな具合である。

「おい、マサツグ。早くしてくれないと、風邪ひいちまうよ」

と、何やらそわそわした口調でエリンが言った。

俺は嘆息してから、エリンの背中を流し始める。

「ふふん、マサツグは運がいいぜ。何せ元お姫様の背中を流せるんだからな」

エリンが軽口を叩く。

実に下らん。

俺は皮肉で応じる。

「実に光栄です姫。満腔《まんこう》の喜びにため息が止まらないほどに」

ドンガラガッシャン!!

「な、なななななな!」

と、エリンがひっくり返って口をわななかせた。

「わ~、何だか騎士《ナイト》様みたい♪」

シーがおかしなことを言った。

まったく何を言っているんだか。

「それでエルフの姫よ。続けても宜しいか？」

俺は目を見開いているエリンに向かって、呆れた口調で言う。

「よ、よろしくお願い致します」

エリンは座りなおすと、妙な言葉遣いで応じる。

どうやら、それはお姫様時代の口調らしかった。

が、それ以降はなぜかカチコチになって無駄口も叩かずに、素直に俺に背中を流された。

ただ、なぜか時折こちらをチラチラと見ては顔を赤らめてはいたが。

きっと風呂で少しのぼせていたのだろう。

と、しばらくして洗い終えると、

「ねえねえ、お姉ちゃんの背中も流して欲しいな♪」

なぜかシーがエリンと席を入れ替わった。

「なぜ俺がそんなことを……。順番通りエリンに流してもらえばよいだろう？」

「ええー、お姉ちゃんマー君がいいよ！」

「ふむ」

俺は少し考え込んでから、

「良いだろう。俺のいた世界では伝統的な方法でやってやる。たぶん、お前の背中を流すには最も適した方法だ」

「マー君のふるさとの……私のために。うん、分かった！　私それにするよ！　それでどうしたらいいの？」

「ああ、まずシーには水を滝のように大量に降らせて欲しい。出来るか？」

「もちろん♪　広範囲に雨を降らすことだって出来るんだから」

シーはそう言うと、すぐに水を大量に降らせ始めた。

何もない所にいきなり滝を作り出したのである。

「水は出来るだけ冷たくしろ」

「うん、分かったよ」

よし、それじゃあ……、

「ではその下に行け」

「うん、分かったよ……って、え？」

シーが滝とこちらを絶望的な表情で交互に見た。

俺は優しく微笑む。

「俺の故郷では伝統的な斎戒潔斎《さいかいけっさい》の手法なんだ」

「ただの滝行だし！」

知っていたか。

「間違いなくシーに最も適した沐浴《もくよく》方法だろう？」

「ま、待って、待って！　これ私だけ完全に修行になってる！　全然入浴じゃないよ！　ただの苦行だよ！」

「本当にいつもやかましい奴だな。そら行け」

ごちゃごちゃとうるさいシーを滝に突き飛ばそうと手をのばす。

だが、

「わ、私一人で死ぬもんですか！　マー君も道連れだよ!!」

「き、貴様、引っ張る……ぐわああああああああああああああ」

「ひいいいいいいいいざぶいいいいいいいいいいいいいいいいい」

あろうことかシーは俺の手を掴んで滝の下に引きずり込んだのである。

俺とシーの悲鳴がルーナ孤児院にこだまする。

くそ、なんで俺がこんな目に遭わねばならん！

俺は一刻も早く逃れようとするが、シーががっちりと掴んでいて離さない。

俺も俺でシーが先に逃れるのだけは許すことが出来ず、彼女の腕を離せない。

「バカ女神が！　早く手を離せ！」

「マー君が先だよ！」

どちらかが離せばそれで両者とも解放されるというのに、お互いが意地を張り続けるせいで、どちらも滝の下から逃れることが出来ないのであった。

そのため、この滝行は驚くほど長く続けられたのである。

なお、この光景を見て、リュシアはおろおろとし、エリンは呆れた表情を浮かべていたのだった。

10. 借金取りとポーション

孤児院での生活を始めてひと月ほど経った。

不覚にもオママゴトで夫役をさせられたり、一緒に風呂に入らされたりしたが、とりあえず孤児三人との生活は続いていた。

俺としては不服なる毎日であったが、反対に孤児どもはなぜか笑顔が増えたように思う。

なぜかは分からん。

もしかすると、この前服を買い与えてやったからかもしれない。

(単純な奴らだ)

ちなみに買い与えたのはリュシアに白のブラウス、エリンには黒色のフードが付いたノーブルっぽい服、シーは水色を基調とした西洋風の巫女服である。

あの服選びの時も極めて大変だったな……。

と、そんなことを思い出し、げんなりとしていた時である。

「早朝から失礼。少しお邪魔するよ」

そんな声とともにルーナ孤児院に来客があった。

玄関に現れたのは杖をついた好々爺《こうこうや》、そしてそれとは対照的な頬に傷を持つ凶悪な人相の中年男であった。

頬傷の男はその盛り上がった筋肉や視線の鋭さからどう見ても堅気ではなく、見るからに剣呑だ。

……が、俺が直感的に警戒すべきだと感じたのはジイさんの方だった。

(このジイさん……杖などを突いているが擬態か)

人を騙そうとする悪意に敏い俺は瞬時に察する。

いや、スキルによって元から鋭かった嗅覚が更に敏感になっているようだ。

そんな風に俺が中年男ではなく、ジイさんを警戒しているのが分かると、ジイさんは感嘆の表情を浮かべた。

「ほほお、報告にあった通りか。一瞬でワシの正体を見抜くとはのう……。やはり短絡的な方法を取らんで良かった様じゃな。まさに九死に一生といった所か?」

いきなりそんな意味不明なことを言ってくる。それに、こちらのことを調べていたとはどういうことだ?

「一体何の御用でしょうか？　ここは孤児院です。あなたたちの様な方には縁のない場所だと思いますが？」

俺は挑発気味に言う。

だが、相手が気にした様子はない。

「おっと、これは失礼。じゃが、玄関先では話も出来ませんの。どうですかな、大切な話ですので中に入れてもらえませんかな？」

そう言って深々と頭を下げる。

どうやら門前払い出来るような雑魚ではないようだ。

俺は警戒しつつも二人の男を中へと招き入れたのだった。

「まずは自己紹介をせねばなりませんな。わしはキンブルク家の家長《ドン》を務めさせて頂いているティターノと申しますじゃ。この後ろに控える男は息子のテオ。ファミリーのナンバーツーですじゃ」

紹介された頬傷の男が軽く頭を下げた。

俺とティターノは向かい合うように椅子に腰かけている。

テオは立ったままジイさんの後ろに控えていた。

リュシアたちには部屋へ入ってこない様に言ってある。

（キンブルク家か……）

俺はリュシアたちとの会話の中にその名前があったことを思い出す。

確かワルムズ王国で最大の金貸し業を営むファミリーネームだったはずだ。

（そんな奴らが孤児院に一体何の用だ？）

しかもトップ直々に俺に会いに来るとは……。きな臭いにもほどがある。

互いに名乗り終えると、俺はさっさと用件を問いただす。

「そろそろ何の用で来たのか教えて頂けますか？」

「おっと、そうですな！　ほほ、年寄りは話が長くなっていけません。ええ、お話というのは他でもありません。この孤児院の抱える借金の返済についてです」

……何だと？

「そんな話は聞いたことがない。実にありがたくもワルムズ王より、このルーナ孤児院院長の職を拝命した際もそうした話はなかったと記憶しているが？」

皮肉を込めて返す。

敬語もやめる。どうやら、少なくとも味方ではなさそうだからな。

「ふむ、そうですか。ですが以前、ファミリーの者が世話になったようですが？」

その言葉に俺は一瞬思考を巡らす。

何のことだ。……まさか、

「あの娼婦連れの人攫いのことか。だとすれば、貴様らの来訪は、その意趣返しという訳か？」

（ならばありがたい）

生まれてきたことを後悔させるほどの目に遭わせた後、官憲どものにつき出せば済む話だ。以前の人攫いと同様にな。

だが、俺の言葉にティターノは慌てて首を横に振った。

「い、いやいやいや！　そう早合点されては困ります。どうぞお待ちください！　慌てないでもらえますかな？　いやはや、あれは彼《か》の者が勝手にやったこと。わしらはナオミ殿に仕返しを、などとは露ほども考えておりません。……ですので、どうかそのプレッシャーを抑えてもらえませんか？　年寄りの心臓には悪うございますからの」

そう言って冷や汗を拭った。

（……ちっ、食えないジイさんだ）

俺は舌打ちをする。

先ほどこいつは俺のことを調べたと言っていた。

つまり、こいつは『戦えば俺にはかなわない』と知っているのだ。

ゆえに、先ほどから、あくまで常に俺を上位者として接し、弱者が唯一強者と対抗出来る手段……すなわち、交渉という手段のみを用いて、こちらに接するよう徹底しているのである。

俺が強者だと見抜いていなければ取れない適切な戦略だ。

まさか俺も話し合いに来ている人物に暴力で対抗しようとは思わない。

そういった俺の理性的な面も分析済みなのだろう。

たかだか孤児院の院長に対して、国一番の金貸し……つまる所マフィアのドンが用心深いことこの上ない。

「では、どういうことなんだ？」

「はい、事情をご説明させて頂きます。まずナオミ殿がおっしゃる人攫いですが、あの者たちにはかねてよりある指示を与えておりました。借金で首が回らなくなり夜逃げした、前ルーナ孤児院の院長から、借金を取り立てるようにと。出来なければファミリーから追放するとね。元から色々と問題のある者たちだったのですよ。なので機会があれば放逐しようと考えていたのです」

前ルーナ孤児院の院長だと？

「いなくなったのはずいぶんと前ですがね。ゆえに、きっと任務は失敗すると考えていた訳です。

……じゃが、ついひと月ほど前、そのルーナ孤児院に再び院長が就任したという噂を聞きつけました」

それは、俺のことか。

「あの者たちは前の院長が戻ったのかもしれないと言って出て行きましたな。じゃが、それは前院長ではなく、ナオミ殿であった。そのために、あやつらはこのままでは任務を達成出来ないと考えたのでしょう。愚かなことに、別の形で任務を達成しようとしたのです」

「そのためにエリンを攫った訳か」

「はい。そしてあなた方を追い出すために建物を破壊しようとした。これがご迷惑をおかけした事件の全貌ですじゃ」

なるほど、だいたいのことは分かった。

だが、それでもまだ疑問は残る。

「今の説明では貴様がここに来た理由が分からんな。言っておくが、元院長の借金について俺は何ら関係がないぞ。俺がした借金じゃないんだからな」

「ナオミ殿はこの国の孤児院の制度についてどれほどご存知かな？」

突然話題を変えた。

孤児院の制度だと？

「孤児院の土地や建物の所有権は、国からは切り離され、孤児院長の物となっておるのですじゃ。そのことが何を意味するか分かりますかな？　つまる所、ルーナ孤児院は前院長の所有のままになっているのです。……聡明なナオミ殿のことじゃ。ワシが何を言いたいのか、もう、お分かりでしょう」

ふん、と俺は鼻を鳴らす。

「このルーナ孤児院の土地と建物を借金のカタに取り立てる。だからさっさと俺たちに出て行けということか」

あっさりと答える俺にティターノは若干戸惑いつつも、

「さすがですな、その通りですじゃ。新しい院長が決まったとすれば前の院長が戻ることはもはやありますまい。ならば、本人から回収出来る見込みはない。ならば、せめて借金のカタにこの孤児院を接収し、幾らかでも取り立てなくてはなりません。まあ、このようなオンボロ孤児院、わずかにしかなりませんがの。あのバカ者どもは足りない分を人攫いをして埋めようとしたようじゃが、無論わしにそのような真似をするつもりはありませぬ。まっとうな商いをさせて頂くだけですじゃ。おお、そうじゃった、証拠がいりますな。ここに証文がございます。国に確認いただいてもよろしいが……ナオミ殿ほどのお方ならばワシが嘘を言っていないと分かるはずです」

そうだろうな、と俺は直感的に理解する。こういった老獪な人間は肝心な部分で嘘を吐かない。

証文も孤児院の制度の話も真実なのだろう。

ならば、俺が反論する余地はない。

「ふむ、では利息だけでもとりあえず払うというのはどうだ?」

「ダメですな。一度踏み倒されている借金です。回収は迅速に行いたい」

「ちなみにいくらだ？」

「一千万ギエルですな」

……高いな。それほどの手持ちはない。

「そうか。せめて三分割というのはどうだ？」

「無理ですな」

「どうしてもか？」

「ええ、一ギエルたりとも負けられませぬじゃ」

「ふうむ、そうか……。何か他に手はないのか？」

「うーむ、そうですなあ。そうは申されてものう……」

交渉は遅々として進まず、俺とティターノの視線が意味ありげに絡んだ、その時である。

「孤児院がなくなっちゃうなんて嫌です!!」

「あ、あたしだって嫌だぞ！　も、もっといい子にするからマサツグの傍に……ここにいさせて欲しい……グス」

「お姉ちゃんもヤだよおおお。ふえええええええええん」

そう言って三人の少女たちが転がる様に部屋に入って来たのである。どうやらこっそりと俺たちの会話を聞いていたようだ。

三人とも涙ぐみ、今にも泣きだしそうな表情だ。一人は大泣きしているが。

まったく……。俺はそんな彼女たちを見て大きなため息を吐き、

「……お前たち、さっきから何をトンチンカンなことを言っているんだ？」

その言葉に少女たちは、「えっ」と素《す》っ頓狂《とんきょう》な声を上げる。

「で、でもご主人様。さっきのお話だとルーナ孤児院が借金のカタにとられちゃうって」

リュシアが耳を元気なさげに、しな垂れさせて言う。

俺は鼻を鳴らし、

「ふ、そんなことを俺が認める訳ないだろう？　それに、ファミリーの首領《ドン》とナンバーツーが孤児院の借金の督促《とくそく》程度で足を運ぶものか」

俺がそう言うと、ティターノがクククとおかしそうに笑った。

「ほほ、どうしてお分かりになったのでしょうなあ？　ナオミ殿には隠し立ては出来ぬということでしょうかの？　まったく末恐ろしい小僧ですじゃ。……ええ、その通りです。S級冒険者候補のナオミ殿にたっての依頼じゃ。中級の回復ポーションを五つ持ってきてもらいたい。もしそれを頂けるなら、借金の返済期限の延長を検討しましょう」

…………は？　S級冒険者候補だと？

確か冒険者ギルドのマスター、ドランがそんなことを俺に言っていたが……。

(やつめ、こいつらに情報を漏らしたのか？……いや、このジイさんの情報網が優秀なだけか)

だが、今そのことは後回しだ。それよりも気になることがある。

「ポーションだと？」

聞きなれない言葉に俺は疑問の声を上げる。

すると、エリンが口を開いた。

「ポーションってのは様々な効果を発揮する薬みてえなもんだ。飲むだけで傷が治ったり、解毒効果があったりする。調合次第じゃ、逆に毒になったりもするけどな。……だがよ、中級なんて本気か？　市場にだって滅多に出回らない貴重品だぞ？　あたしたちエルフはポーション作りが得意だからこそ言うんだが、あたしたちエルフのポーション職人ですら中級はほんっとにたまたま偶然出来るくらいで、確実に作ったりすることは出来ねえ。それほどのもんだ」

「そこのお嬢さんの言う通りですじゃ。国中からかき集めてはおるのじゃが、不足しておりましてな。このテオの息子……、ワシの孫が病床に伏せっておりましてのう。その治療のためには中級の回復ポーションを継続的に与えねばなりません。じゃが、最近は品薄でとんと入手出来ておらんのです」

「親父……、それ以上は……」

「む、そうじゃな。で、どうかのナオミ殿。引き受けては下さらんか？」

キンブルク家の首領《ドン》が深々と頭を下げた。それが形だけのものでないことが俺には分かる。

（この男たちは本当に必死なのだ）

俺が圧倒的強者であると理解した上で自ら足を運び、俺を激怒させるリスクに怯えながらも孤児院の接収をタテに交渉ごとを繰り広げざるを得ない。それほどの覚悟を持って孫の命とやらを救おうとしているのである。

俺にとっては実にどうでもいいことだ。

だが、認めざるを得ない。

それはいびつながらも間違いなく一つの親の……家族の形であった。

そして、それは俺が幼いながらに永久に失ったものである。


「あの借金取りどもは帰ったか」

俺の言葉に戻って来たリュシアが頷いた。

「そうか。それで中級の回復ポーションの件だが……」

市場には出回っていないとなれば、

(俺たちで作る必要がある、か)

なければ作ればいい。いつもの通りだ。問題はない。

だが、ティターノの口ぶりからすれば余り時間はない。患者が危険な状態だからこそ俺に拙速《せっそく》ともいえる形で接触して来たのだから。

そんなことを考えていると少女たちが声をかけて来た。

「ご主人様、私たちもポーション作りを手伝いたいです。ダメでしょうか?」

「あたしの力が必要だろ? 何せこのメンツの中でポーション作りに精通してるのはあたしだけだかんな!」

「お姉ちゃんも頑張っちゃう♪ みんなでルーナ孤児院を守りましょ♬」

そう熱心に言ってくる。

「それにさっきみんなで相談していたんですが、今回はお役に立てると思うんです！」

「きっとあたしに惚れちまうぜ」

「マー君は大船に乗った気持ちでくつろいでて♬」

迫る様に言ってくる彼女たちを俺は淡々と受け流す。

「いつも通り、手伝いたいのならば勝手にしろ。……でエリン、ポーションの詳細について知っていることを話せ」

エリンが微笑んで口を開いた。

「簡単に言っちまえば植物の葉を純度の高い魔力液と調合することで出来る一種の薬だな。だが、普通の薬と違うのは、効果の高いものなら大怪我や不治の病でさえ治しちまうって所だ。まっ、滅多に見かけねえがな」

「なるほどな。それで具体的な製法はどうだ？」

「難しいぜ？　素人が作ってもまず成功しねえ。あと、さっきも言ったけどよ、失敗作を飲むと毒になることすらある。そうしたリスクのせいで生産職の中でも敬遠されてるぐらいだ。おっと、具体的な製法だがな、これがまた独特だ。それにセンスが必要と来てる。高純度の魔力を溶かした水を用意する必要があるんだが、それ自体がけっこう難しい。その上、ポーション用の植物もなかなか発見出来ねえ。おまけに素材と魔力液を攪拌《かくはん》させて調合するんだが、その際に生産者の微量の魔力を反応剤として使用するんだ。それには高度な魔力操作の技術が必要で……っとまあ、話し出すときりがねえな。ともかく、そんな訳でほとんどの奴が職人になる前につまづきまくってやめちまうんだ」

一筋縄ではいかないようだな。それに薬というよりアレの製法に近い。

だが、エリンはニヤリと笑うと、

「けどなマサツグ。あたしにはいいアイデアが浮かんでるんだ。聞きたいか？」

もったいぶったように聞いてくる。

俺は鼻を鳴らし、

「お前たちの力を借りればチャンスがあるという話だろう？　ふん、最初に言った通りだ。手伝いたければ手伝えばいい。住処《すみか》を失いたくなければな」

するとエリンは驚いた表情を浮かべ、

「ま、まさか今の説明だけでマサツグはあたしたちの言いたいことが分かったってのか⁉」

「ふ、当然だろう。エリンは森の民《エルフ》で植物に詳しい。ポーション作りに一日の長がある。リュシアは獣人族で鼻が利く。匂いで素材となる植物を見つけ出すことが出来るだろう」

その説明に二人はコクコクと頷いた。

「俺とお前たち二人、三人が力を合わせれば何とかなるかもしれんな」

「ちょ、ちょっと待って！　忘れてる！　普通に一人忘れてるよ！」

耳元でわめく輩がいた。

「シー、今は大事な話をしているんだ。無駄口を以後ずっと閉じていろ」

「さらっと今後一切口をきくなって言われてる！　ね、ねえマー君、お姉ちゃんのこと忘れてるよ？　ほら、思い出してみてよ。私は水を司る精霊神だよ？」

「ん？　ああ、そうだな。じゃあ留守番は頼んだぞ？　知らない人が来てもドアを開けるんじゃないぞ？」

「面倒だからってあっさりと聞き流さないで！　そうじゃなくて高純度の魔力液を作る工程、アレ私役に立ててるよ！」

ハァ……。そんなことは分かっている……。

あれだけの水を魔力で作り出しているのだ。魔力液とやらの製造もお手の物だろう……。

「はなはだ遺憾だが、甘受せざるを得ないか……」

「ふ、ふふふ、ついにお姉ちゃんが活躍する機会が来たんだね。いつも居眠りしてるか水を出してるだけのダメ霊って思われてるけど、今度は違うよ!!」

若干病みがちな表情でシーが言った。

「さあ、下らんお喋りはここまでだ。こんな廃墟同然の孤児院だが、俺も含めて全員他に行き場などない。皆で『中級の回復ポーション』とやらを必ず作り出すぞ。山に入ることになり危険だが、俺が護衛する。お前たちはポーションの素材集めと製造に注力しろ」

俺がそう言うと、リュシアたちはなぜか頬を赤らめた。

「は、はい、ご主人様。リュシアを守ってください」

「な、何だか本当に騎士《ナイト》みたい……」

「マー君ったら女ったらしぃ♪」

……やはり置いて行くか？

俺は少女たちの声を無視して、独り出発の準備を始めたのだった。

時刻は昼頃。

場所はカラビル山の中腹あたりにやって来ていた。いつもコンニャクイモを採取しに来ている山でもある。

街からは徒歩一時間程度の距離にある最も近場の山だ。

「エリンちゃん、このあたりにクラーレ草の匂いがするよ？」

「獣人族ってのはさすがだな。おっ、多分あれだ」

今、俺たちは回復のポーションの素材である『クラーレ草』を探している所だ。

リュシアが匂いでだいたいの位置を突き止め、エリンが確認して採取する。

たった今、一つ目のクラーレ草を発見した。

リュシアとエリンが形や匂いを念入りに確認してから、俺の方にそれを持ってくる。

「ご主人様、ありましたよ！」

「こいつがクラーレ草だ。魔力液と混ぜて調合すれば、『回復のポーション』になる」

そう言って二人とも誇らしげに胸を張った。

「そうか、よくやったな」

俺はおざなりに褒める。二人ともどこか物足りなさそうな顔だ。

だが、俺はそれよりも素材の方に目がいっていた。

かなり固そうな葉だ。形状としてはタンポポの葉の様にギザギザとしている。茎の方にも目をやる。結構細い。

どうやら地面にへばりつく様にして生える植生らしい。

これが本当にポーションになるのか、とそんな感想を抱いた。

「まあいい。早速調合をしてみよう。シー出番だぞ？」

「はーい、お任せ〜♪」

シーはそう言うのと同時に、用意していたお椀ほどの容器に高純度の魔力液を注いで行く。

エリンに聞いた所、水と魔力を混ぜることは本来とても難しいことのようだ。もともと水と魔力は反発する関係と言っていた。そのあたりはよく分からない部分だが、例えば凄腕の魔術師ですら、数分で分離してしまうものらしい。

だが、今シーが注いだ魔力液は数分しても混ざった状態が維持されている。

本人が言うには数年は大丈夫とのことだ。

なるほど、さすが水の悪霊だけある。最近は水魔《セイレーン》ではないかというのが俺の中で有力な説だ。

「よし、エリン」

「分かってるって。マサツグ、よーく、あたしがすごいって所見とけよな！」

エリンが俺に向かってウインクをしてから作業に入る。

軽く嘆息してから、その様子を眺めることにした。

まず、持ってきた薬研《やげん》でクラーレ草をすり潰し粉末状にする。

その粉末を魔力液で満たされた容器へと入れ、反応剤として自らの魔力を注いで行く。

魔力は単に注ぐだけでなく、同時に撹拌を行う必要がある。

白い肌に一筋の汗が流れた。

「混ぜるのがホント難しいんだよな……。だいたいこの工程で失敗するかどうか決まっちまう」

そんな呟きを漏らしながら調合を進める。

すると十秒後、パッと仄《ほの》かな光が容器から放たれた。

「ふう、出来たぜ」

全員がのぞき込む。

容器の中の魔力液は単なる透明だった状態から、淡い緑色に変化していた。

クラーレ草の粉末は跡形もなくなっている。

（これが調合か）

ここは元の世界ではない。不思議な現象を目の当たりにして、異世界なのだということを改めて痛感させられる。

「よし、では『鑑定』スキルでステータスを確認する」

『回復のポーション（下級）』

……通常の回復効果を得ることが出来るポーション。魔力液とクラーレ草を調合することで生成される。

　そんな解説が頭の中を流れた。それを皆に告げる。

「ご主人様の『鑑定』スキルは便利ですね」

「初級スキルだがな。クラスの奴らは、もっと使えそうなスキルを持っていたようだ」

　だがその答えにリュシアは不思議そうな表情をする。

「なんだ？」

「いえいえ、ご主人様にしては珍しいご発言だと思いましたので」

　ふ、と俺は冷笑を浮かべる。

「勘違いするな。奴らには分不相応なスキルだと言っただけだ。恐らく使いこなせないだろうからな。力におぼれるか、待遇におぼれるか……何にせよスキルを腐らせるのが目に見えている。哀れなものだ」

「ああ、そういうことですか」

「それより、今ので一通り工程を確認することが出来た。だが、俺たちの目標は中級を作り出すことだ」

　俺の言葉にエリンが頷く。

「シーの魔力液が良かったみたいだ。初級は一発で成功することが出来た。けど、中級はともかく難しい。量をこなす必要があると思う」

エリンの言う通り、ひとまずそれしかないだろう。

「実際、職人でも一万個作って一つ出来るかどうかだからな……。だが、今は可能性に賭けるしかねえ。見とけよマサツグ、絶対成功させてやるからな！」

そう言って意気込む。

リュシアが口を開いた。

「まずは素材を大量に採取する必要がありますね。では、私が先ほどと同様、匂いで場所を探り当てます。あ、でも、一点注意があります。似た匂いのする植物があるんです」

「ああ、ギフト草っていう植物がそうだ。姿形もまったく同じっていうな。でだ、注意ってのは他でもねえんだが、それを調合すると、最悪なことに『毒のポーション』になるんだよな。だから採取の際は注意が必要だ。覚えておいてくれ」

ちっ、厄介なことだ。

こうして俺たちは再び素材探索を開始したのである。

「このあたりに匂いが充満してますね。近くに群生してそうです」

「オッケーイ♪　うーん、女神の勘はこっちだって告げてるわ。あああ!!」

シーの大声が森閑とした森の静寂を打ち砕き、びりびりとこだました。本当に沈黙とか静寂という言葉に真っ向から対立する女だ。

「ねえねえ、お姉ちゃん沢山見つけちゃった♪　どうどう、えっへん♬」

シーが大量のクラーレの葉を腕に抱えてエリンに見せる。

「あ、これたぶん全部ギフト草だぜ？」

「ガーン！」

予想通りのやりとりである。

「ああ、だがちょっと待ってくれ。クラーレ草とギフト草を見分けるのは難しくてよ。リュシア、さっきみたいに匂いで分かるか？」

「そうですねえ……少しだけ甘い匂いのするのがクラーレ草なんですが……」

リュシアが鼻を近づけ、クンクンと匂いを嗅ぐ。

「うーん、難しいですね。匂いの違いがありません。恐らく、群生地帯に生えていたから匂いが混ざったんでしょう。最初のは一本だけ生えてたので匂いがはっきりしていましたが、これは分からないです」

耳を困ったようにクタリとさせた。

「だが、それだとマズイな。大量に生産しなくちゃいけないってのに、群生地帯のもんがダメとなると効率が上がらねえ」

少女たちが頭を抱えた。

「貸してみろ」

俺はシーの持っている素材を取り上げ、目の前でしげしげと眺めた。眺めるだけでなく、色々といじってみる。

ふん、なるほどな。

「これはギフト草だ。毒のポーションの素材だから捨ててしまえ。だが……ふむ、こっちはクラーレ草だろう。調合に回せ」

そう言ってクラーレ草とギフト草を次々により分けたのだった。

「「「……へっ⁉」」」

少女たちが一斉に驚きの声を上げた。

「ご、ご主人様には見分けが付くのですか？　あっ、そうか、『鑑定』ですね⁉」

リュシアが納得した様にそう言ってくる。

そんな訳がないだろう。

「初級スキルだと言ったはずだぞ？　俺の『鑑定』スキルでは対象を一つずつしか見ることが出来ない。こうして素材が大量に集まっている状態ではスキル自体が発動しないといった有様だ」

「じ、じゃあマサツグはその『鑑定』なしでどうやってクラーレ草とギフト草を判別したってんだよ⁉」

ふむ？

「どうも何も、さっきクラーレ草がどんなものかは確認しただろう？　ならば単に、そうでないものをギフト草だと考えたに過ぎん」

「だ、だからだなあ、同じ形の葉っぱなのに、どうやって見分けてるんだって聞いてんだよ！」

何だ。そんなことか。

「葉っぱばかり見ていても、分かる訳がないだろう」

「え？　葉っぱを見てたらダメなのか？」

やれやれと俺は呆れたように首を振る。

「当然だ。植物を見分ける箇所は何も葉だけではあるまい？　例えば、茎はそれぞれどうなっているか、お前はちゃんと見たのか？」

「く、茎だと？」

エリンが面食らったように言った。そして、

「あっ⁉」

と、驚きの声を上げた。どうやら分かったらしい。

「マ、マサツグ、あんたさっき茎の部分をカットしていたな？」

そう、それぞれの断面を見比べていたのだ。

クラーレ草の断面は円形だが、ギフト草の断面は半月形になっている。

それが両者を見分けるコツなのだ。

「さすがご主人様です！　すごい観察眼ですね‼」

いや、何もすごくはない。なぜなら、

「野草を食べるためには、常識的な手法だからな」

「や、野草を⁉」

三人が驚きの声を上げた。

「まあな」

何せそうしなければ、その日の食事にありつけなかったからな。

例えば、野草のニラとスイセンはよく似ているが、前者は食えても、後者は毒だ。食えば食中毒を引き起こす。その見分け方の一つが、茎の断面の差異なのだ。

「ま、まじかよ。エルフの長老並みの知識だぞ、それ？」

エリンが驚愕した様子で言った。

「いくつか調べてみれば分かるだろう？」

俺はそう言って、より分けた素材の幾つかを鑑定していく。

結果、いずれも俺の選別が的中していたことが判明したのであった。

「……マサツグの持ってる技能の中で、それが一番すげえ『スキル』なんじゃねえか？」

何を言っているのやら。

この程度のこと、日々料理をたしなむ主婦であれば誰でも身に着けている常識に違いない。何せ学業やバイトにほとんどの時間を取られる俺と違い家事のプロなのだから。それと比べれば技能《スキル》と呼ぶのもおこがましかろう。

そう言うと、三人はなぜか微妙な笑顔を浮かべたのだった。

さて、こうして俺たちは一時間ほどで大量のクラーレ草を集めた。

「早速調合を再開するぞ」

「数をこなさないといけませんしね。わたしもやります！」

「お姉ちゃんもやるよ～♪」

二人が手を上げた。

「そうだな。エリン、教えてやれ」

「いいぜ。……って言っても、習うより慣れろだ。実際にやってみた方が早いってもんだ」

エリンはそう言って薬研をリュシアに渡す。

クラーレ草をすり潰せということだろう。

「始めるね。エリンちゃん、これくらいでいいかな？」

「そうだな、もっとすり潰した方がいいと思うぜ。ドロッドロになるくらいまでやるんだ。……ああ、そんくらいかな」

加減が難しいようだな。

「葉の素材感は残さない方がいい、か」

俺はそんなことをふと呟いた。

「次は調合の工程だぜ……」

リュシアの作業は順調そうに進んだ。

だが、

『回復のポーション（失敗作）』

……ポーションの失敗作。飲むと独自の苦みがあり、若干お腹が膨れる。回復効果はない。

結果は失敗だった。一朝一夕に成功するほど甘いものではないようだ。

「よーし次はお姉ちゃん頑張っちゃう♪　マー君見ててね、お姉ちゃんいい所見せちゃうからね♬」

交代したシーがそう言ってクラーレ草をすり潰し始める。

出来た粉末を魔力液へと溶かして行った。

「こっからよ。お姉ちゃんが本当に精霊神だっていう証拠見せちゃうんだから！　見ててねマー君、ほわあああああああああ!!」

そう言って魔力を反応剤として注入し始めた。

本当にいちいちうるさい奴だ。

だが、今回の彼女はいつもと様子が違った。

魔力を注ぐ際、彼女の体からは透き通るような美しいブルーのオーラが立ち上がったのだ。腰まで届く髪が美しくたなびき、奇跡を予感させる神秘さをまとう。

その姿はありていに言えば神々しく、もしかしてこの悪霊は女神なのでは？　と思わせるほどのものだ。

（まさか、今までの俺の理解は間違いで、本当に水を司る精霊の主だったのか!?）

瞬間、容器からカッと鋭い光がほとばしった。

エリンのものとは比べ物にならないほど強い光であり、しかも発光が長く続く。

（こ、こいつはッ……!?）

俺がそう思った瞬間、エリンが慌てた様子で、

「ば、爆発する！　みんな逃げろ!!」

「「「は？」」」

呆気にとられる時間もない。

ドオオオォォオオオオオオオオン……ッ！

そんな轟音とともに、容器が大爆発を起こしたのであった。


……道具の予備を持ってきておいてよかったな。

「ふぇえ～ん……。ごめんなさい～」

「命を刈り取りに来るとは。悪霊ではなく死神だったか」

「う、うぇえええええええええええん!!」

「ま、まあまあ」

泣き叫ぶシーをリュシアとエリンが慰めている。

ふん、いちおう死にかけたのだから、これくらいは言ってもよかろう。

幸い、俺のスキルが発動し、リュシアとエリンも爆発から守ることが出来た。

爆心地にいたシーもダメージはなかったらしい。一瞬黒焦げになったが、次の瞬間には元に戻っていた。

「ごめんね、みんな。ダメな女神でごめんね」

涙目で謝っている。

俺は口を開く。

「まあ、気にするな。エリンの言う通り失敗はつきものだ」

「ぐすぐす、はい、本当にごめんなさい。もう調子に乗りません。だからお姉ちゃんを追い出さないで…………って、へ？」

シーが驚愕の表情で俺を見つめた。

一体なんだ？

「マ、マー君が優しい言葉をかけてくれるなんて……。じゃ、邪神が復活する兆し⁉」

「馬鹿が。料理とは失敗して上達するものだと太古から決まっている。精進することだな」

俺がそう言ってフッと笑う。

すると、シーは顔を赤くして、フラフラと……いやフワフワと遠くへ漂って行ってしまった。

なんだアイツは？

まあ、どうでも良かろう。落ち込んでいる暇はない。すぐに再開しなくては。

その後、エリンたちは失敗を繰り返しつつ中級の回復ポーションにチャレンジした。

注ぐ魔力の濃度を変えたり、混ぜるクラーレ草の粉末量を増減させたりと様々な工夫を凝らす。

その甲斐もありエリンのみならず、リュシアやシーも、幾つかの初級ポーションの作成に成功していた。

だが、肝心の中級ポーションが出来る気配はない。

「はぁ、はぁ。もう二時間は経ってますよね？」

「ちくしょう……。一体何がだめなんだよ！」

「エリンちゃん……。だめだよ、焦っちゃ。初級ポーションの成功率はエリンちゃんがダントツなんだから。きっと、そのうち成功するわ」

「けどよ！」

エリンは悔しそうに唇をかむ。

その時ぽつりとリュシアが、

「うう、このままじゃ孤児院がなくなっちゃいます……」

「ばっかやろう！　んなこと言うんじゃねえよ！」

「ご、ごめんなさい……。私が役立たずだから……」

「ううん、こんな時に役に立てないお姉ちゃんこそお姉ちゃん失格だよ。みんなの帰る場所も守れないお姉ちゃんなんて……」

「ぐす、みんなと離れたくないです……」

「それは！……あ、あたしだって……ぐす」

緊張の糸が切れたのか涙を流し始めた。

俺はそんな光景を見てデジャブを覚える。

それはかつての自分だ。

（帰るべき場所を失い、迷子になってしまった子供の頃の自分）

彼女たちはかつての自分と同じ道を歩もうとしている。

家と……そして仮初《かりそめ》とはいえ、共に住む者たち……『家族』を失おうとしている。

「えっぐ、えっぐ、一体どうしたら……」

「泣くんじゃねえよ！　やるしかねえだろうが!!」

「お姉ちゃんも頑張る！　爆発させちゃうかもしれないけど、頑張るから！」

俺はその光景にかつての孤児院を見た気がした。

前の孤児院長とやらも似たような光景を見たのだろう。

多数の孤児を抱えながらも夜逃げせざるを得ないほど追い込まれた。

離散した孤児たちはどこに行ってしまったのだろうか。

幸福な未来など訪れるべくもない。

路頭で倒れる伏した者も多かったろう。

そんな彼らは脳裏に何を描いたのだろうか。

かつて、孤児院で仮初の家族と共に生活していた幸福を思い出しでもしたのだろうか。

今の俺が夢の中で幸福に暮らしていた幼き頃をふと思い出すように……。

その時、ドクン、と俺の体内に別の力が宿ったような気がした。

「いつまでそうやって無駄に嘆いているつもりだ。いいから貸してみろ」

気づけば俺は涙を流す少女たちに声をかけていたのである。

「マ、マサツグ……。で、でもあんたは魔力のコントロールが」

エリンが口を開く。

そう、俺は彼女たちが当然の様に実践している魔力のコントロールが出来ない。

恐らく異世界人だからだろう。

反応剤としての魔力を扱えないとなれば、成功の可能性はない。

だが、

「黙って見ていろ」

そう言って、素材をすり潰し、魔力液が満ちた容器へと移す。

加えて、ある手法を使って反応を促進させたのである。

そして……、

『回復のポーション（中級）』

……大きな回復効果を得ることの出来るポーション。純度の高い水と、質の良い魔力、並びに魔力保有量の大きいクラーレ草を調合することで生成される。ただし、調合に失敗することも多く、生産に成功するには職人としての長年の修行と才能が必要。そのため希少価値が極めて高い。


透き通った金色に輝く中級ポーションの生産に成功したのだった。

「す、すごい。ご主人様……。すごい……すごいです！」

「マー君すごいよ！　ふえええん」

リュシアとシーが歓喜の声を上げる。

「あ、ああ。で、でもどうして成功したんだ？」

一方のエリンは喜びよりも疑問が勝っているようだ。

仕方ない。説明してやるか。

「ポイントは二つだ」

そう言って解説を始める。

「まず一点目は素材の鮮度だ」

「は？　せ、鮮度？」

エリンが素っ頓狂《すっとんきょう》な声を上げた。

「ど、どうしてポーション作りに鮮度が必要なんだ⁉」

ふ、やはり分からないか。

「簡単なことだ。ポーションとは要するに野菜スープのことだからだ」

「……は？」

エリンは訳が分からないとばかりに唖然とした表情をする。

「作業工程を見て確信した。ああ、これは野菜スープ作りだな、と。多少魔力という特殊な調味料は使うようだが……」

「ちょ、ちょ、ちょ、ちょっと待て！」

エリンが慌てた様子で言った。

「……なんだ？」

話の腰を折られて俺は憮然とする。

「そ、そんな話聞いたこともねえぞ⁉　ポーションってのは極めて難しい調合作業であって、職人が数十年努力することによってやっと一人前の品を作り出せるっていう……」

「ふん、ならばそれが間違っているのだろう。本来ならばポーション作りとはコックの領分だということだ」

俺が断言するとエリンが唖然とした。

「考えてみろ。ポーション生産ではクラーレ草を素材としてすり潰して使うが、野菜スープも野菜をすり潰し、ペースト状にして使用する。魔力を注ぐ工程だってあるぞ？　野菜スープの味をととのえるためにブイヨンや調味料を入れるのがそれだ。そして、それを煮込み、かき混ぜることで完成させる。どうだ、どこに違いがある？」

「い、いや、そうかもしれないけど……うーん……」

エリンは納得しきれないようだ。まあ、今まで聞いたこともない理屈なのだから仕方あるまい。医食同源という言葉もあるのだから、医薬と食事をそう厳密に分ける必要もないのだがな……。まあいい。先に進むとしよう。

「料理だとすれば鮮度がいかに重要か疑う余地はない。料理の出来は鮮度次第と言っても過言ではないからだ。そこで俺は出来るだけ状態の良いクラーレ草を選りすぐった。ふ、元の世界で毎日野菜売り場を行脚《あんぎゃ》していた甲斐《かい》があったというものだ」

「ご、ご主人様がですか⁉」

「無論だ。自分の目で確かめ、触れて見なければ分からないからな。他人任せには出来ない」

「そ、そういう意味ではないのですが……」

「？　まあいい。ともかく、活きの良いものを使うのが鉄則だ。ゆえに、今回俺が使ったクラーレ草は全て鮮度が良い物をえりすぐっている」

少女たちが感心したように唸った。

「マー君、二つ目は何なの？」

「ああ、大量に純度の高い魔力を注ぐことだ」

「で、でもご主人様は魔力のコントロールが出来なかったはずでは？」

「そうだ」

「で、ではどうやってご主人様は魔力を……」

なに、簡単なことだ。

「魔力のコントロールは出来ないが、『リザレクションもどき』は使えるんだ。それをそのまま魔力液に注入してやった」

「「「ええっ⁉」」」

三人が驚愕の声を上げた。

驚きすぎだろう？

「普通の発想だと思うがな？」

魔力が使えないのだ。それしかあるまい。だが、

「全然、普通じゃねえよ！　どこの世界にポーション生産のために『リザレクション』なんて大魔法を使う奴がいる⁉」

エリンのツッコミが山林に響く。

頭の固い奴だ。

まあ、そんなツッコミは無視して俺は続ける。

「どうやら『リザレクション』は魔力液と親和性が高かったようだ。ふ、何となくそうではないかと思っていたがな。何せ血液という名の魔力液で満ちている生物を癒すんだ。親和性が高くなくては理屈が合わん」

おかげで素材と魔力液の反応が急激に進んだ。ただ、注入しすぎてもいけない。やり過ぎればシーのように爆発する。微妙なセンスが必要なのだ。

「まあ、こんな所だ。どうだ、簡単なことだろう？」

その言葉に全員が首を横に振った。

ううむ、なぜだ。

と、エリンが口を開き、

「は～、実際成功してるから信用するしかねえが……。ポーション学の教科書が書き換わるな、これ……」

「す、すごいよマー君！　発表したら大騒ぎ間違いなしだね♬」

「ポーションは料理！　ご主人様ならではの発想の勝利ですね!!」

少女たちがそんなことを口々に言い合っている。

「いちいち騒ぐな。それにこの方法を吹聴するのはやめておけ。金につながる話は、ティターノどもではないが、厄介な連中を呼び寄せる。せっかく孤児院を取られずに済みそうだというのに、そうなっては本末転倒だ」

するとリュシアたちはピタリとはしゃぐのをやめ、

「私はご主人様と一緒に生活出来ればそれで良いので、絶対に口外しません！」

「あんたがそう言うなら、聞いてやらんこともないぜ？」

「お姉ちゃんもマー君やリュシアちゃん、エリンちゃんとのんびり暮らすのに大賛成♪」

ふん、まあそれが利口な選択というものだろう。

そんなことを思いつつ、俺は残り四つの中級ポーションを作成するため、改めて準備に取りかかったのである。


「これで五つ完成だ」

俺は額の汗をぬぐいながら言った。

「ご主人様すごいです。初めてで中級ポーションを五つも作成してしまわれるなんて……。こ、これで孤児院はなくならないで済むんですね!?　うう、良かったです」

三人はしばらく涙を浮かべたり、喜びの声を上げたりする。

何度も泣いたり笑ったり、忙しい奴らだ。……それにしても、最初の頃は辛気臭い顔をしている奴らもいたが、今はそうした空気はみじんもない。

まあ、仮初とはいえ、一つの場所に集い、共に生活しているのだ。遠慮もなくなってくるのだろう。

「ご主人様、そろそろ山を下りないといけませんね?」

リュシアの言葉に、俺は改めて空を見上げた。

木に阻《はば》まれ空はよく見えないが、影の具合などからして夕方近い。

夜になれば危険も増す。早々に引き上げるべきだろう。

「そうだな。では街に……」

戻るぞ、と言いかけた言葉を俺は飲み込んだ。

「ご主人様どうし……」

「静かにしろ」

俺の鋭い言葉にリュシアはピタリと口をつむぐ。

そして、俺と同様耳を立てて周囲の様子を探り始める。

その刹那、

「来るぞ!!」

俺の言葉とともに、草むらから数体の影が踊り出たのである。

それは六体の子鬼とも言うべき異形の者たちであった。

「ゲ、ゲールゴブリンですって⁉」

シーの口から絶叫がとどろいた。いつもやかましい女だが、その口調ににじむ緊張感が相手の脅威を伝えているように思った。

ゴブリン。

そう聞くと弱そうなイメージがある。

だが、目の前の奴らはそんな雰囲気を微塵も感じさせない。

それどころかこちらを分析するような冷徹な視線、隙の無い身のこなしは俺の予感を裏付けるものだ。

「シー、驚くのは後にしておけ。この醜悪な奴らは何だ？」

俺の言葉にシーが我に返って答える。

「う、うん。名前はゲールゴブリン。ゴブリン族の中でも最強とうたわれる個体よ。私も封印される前に戦ったことがあるんだけど、強いというより厄介なモンスターなの。複数で行動して、連携して技を繰り出して来るわ。暗殺術を駆使し、風よりも早く走る。彼らの通り過ぎた後には首と胴の離れた死体だけが残ると言われているの。間違いなく、冒険者ギルドで言うS級モンスターに相当するわ！」

なるほど、それは面倒な相手だ。いたずらに敵対するべきではないだろう。

俺は穏健な男だ。平和に済ませるとしよう。

が、俺の考えをよそに、ゴブリンたちの視線はリュシアが持つ中級ポーションに注がれていたのである。

「ギギ、どうやら人間の、しかも子供、のようだ」

「ギ、偵察のため、潜伏していた、が、思わぬ収穫、だ」

「ギィ、ギィ。あの匂い、かなり上質の、ポーション。王もお喜びに、なる。それは、あのお方、の、お役に立つことに、なる！」

モンスターには会話能力があるものなのか？

いや、それよりも『王』に『あのお方』だと？

何者かがこいつらの上にいるということか？

だが、そんなことを悠長に考えている暇はなかった。

「ギ、ギ、人間ども、そのポーション、寄越す……、さすれば……」

「ギ、けど、姿、見られた」

「無論、見逃す、ない。ポーションを、寄越す。さすれば、楽に、死ねる」

ギギギ、ギギギギとゲールゴブリンたちが昏い笑いを森に響かせた。

子供が聞けば夜眠れなくなるような不気味な哄笑と言った所か。

「ふ……」

俺は皮肉気に唇を歪め、口を開こうとする。

しかし、

「ふざけないでください!!」

そんな怒りの声が森に響き渡ったのである。

それはいつも大人しい、怒ったことなど一度もないリュシアの声であった。

「ふざけないでください!!　これは命より大事なポーションなんです!!」

「そうだぜ。てめえらに渡すものなんか一つもねえよ。さっさと帰んな！」

「お姉ちゃんだって許さないわ！」

リュシアに続いて、エリンやシーも怒声を上げた。

「ギギギ、では苦しんで、死ぬか？　ギギ、我らに逆らう、すなわち、地獄の苦しみを味わうこと、同じ」

「おとなしく、渡せ。後悔、せぬうちにな」

ゴブリンは彼女らの言葉をせせら笑いながら、ポーションを渡さねばひどい目に遭うと脅す。だが、

「例えばどんな目に遭おうとかまいません！　言ったはずです、命より大事だと。絶対にこのポーションだけは渡すことは出来ません!!」

「あたしらルーナ孤児院の絆をなめんじゃねえぜ！」

「みんなバラバラになっちゃうなんて、お姉ちゃん絶対に嫌だよ！」

そう力強く叫んだ。

自分たちの命よりも孤児院の方が大切だと言わんばかりに。

「ギギギ、そうか、そうか。では、死ぬがよい」

そんな少女たちにゴブリンたちは容赦なく宣告を下す。

瞬間、文字通り一匹のゲールゴブリンの姿が風《ゲール》の様にかき消える。

瞬時に疾風《しっぷう》のごとき速度に達したゴブリンは、そのままリュシアへと肉薄する。

と、次の瞬間には、そいつの視線はすでにエリンへと向けられていた。

コンマ数秒後に訪れるリュシアの死を決定事項とし、早々に次のターゲットへと殺戮の対象を切り替えているのだ。

芸術的なまでに高められ、一切の無駄を削ぎ落した暗殺術。

これほどの攻撃を不意に繰り出されれば、並みの手合いであればまず対応することは難しい。

ましてや反撃することなど不可能に近いだろう。

そう、普通ならば気づいた時には首と胴が離れているのだから。

……しかし、

「ギ……?」

ゴロゴロ、と二つの物体が地面を勢いよく転がった。

「ギィイイッィイィイイイィイィイィ!?」

そして、絶叫がこだまする。

そう、その叫び声はもちろん、

「ふ、笑い声よりはマシな声だな」

攻撃を仕かけたゴブリンのものであった。

絶叫も当然だろう。

なぜなら、そこにあるべき自身の両腕がなぜか突然切断され、地面を転がって行ったのだから。

紫色の血が勢いよく噴出し、恐ろしい痛みがゴブリンの脳を焼いているようであった。

「シーよりもやかましい奴だ。知能は低いようだが、辛うじて言葉は通じるんだったな？」

俺は絶叫を続けるゴブリンと、その光景を理解出来ず呆然と立ちすくむ残りのゴブリンどもに対し馬鹿にするようにして言った。

「俺の孤児院の娘たちの命を奪おうとしたんだ。自分の腕が無くなったくらいでガタガタ言う資格があると思っているのか？　ふ、俺は穏便に済ませてやろうとしたのだがな。だが、襲いかかって来るというのならば話は別だ。シーの話では早く動けるだけの雑魚のようだな。面倒だが、害獣駆除としてゴミ掃除に取りかかることにしよう。せいぜい覚悟しろ」

「ギィ!?　わ、我らが害獣!?」

「我ら、ゴブリンの、エリート！」

「所詮人間、油断の隙ついただけ！　ギギ、いい気になるな！」

そう叫びながら、三匹のゴブリンたちが襲いかかって来る。残り二匹は後詰のつもりか。

「ご主人様!?」

リュシアが悲鳴を上げる。ふん、無駄な心配をするな。

鼻を鳴らすと、俺はゴブリンたちの攻撃をすべてかわして行く。

「ギ、ば、バカな!?」

「こ、こんなことが⁉」

奴らの口から驚嘆とも悲鳴とも取れる声がほとばしった。

「ふ、所詮は害獣か」

俺は失望したとばかりにため息を吐くと、繰り出された相手のナイフの内二本をあっさりと掴み取る。

「ギ？」

何が起こったのかすら分かっていないようだ。

「ふ、どれだけ雑魚ばかりを倒して来たのやら」

俺はそのままナイフを奪い取ると、即席の二刀流で一匹が繰り出す刃を弾き飛ばす。

「ギィ⁉」

そして、その勢いを利用し、ナイフを持たぬ二匹の眉間へとナイフをトントンと突き立てたのであった。

「ギィィィィィィィィィイイイイ⁉」

「ぐえええええええええええええ⁉」

絶命を告げる不快な悲鳴が山中に響き渡った。

「ギ、い、一体今何が……ぐわァァァァァアっ⁉」

残る一体も間抜けにも狼狽《ろうばい》している間に始末してしまう。

さあ、これで残りは三体……いや、先ほど腕を切り落としたゴブリンの悲鳴は既に消えている。

血を流しすぎて絶命したらしい。残り二体。

「ギィ、に、逃げなくては！」

「ギィ、生き延びて報告を……」

馬鹿が。俺が敵を逃がすような間抜けに見えるか？

まんまと背中を見せたゲールゴブリン二体に対して、俺は眉間から抜いたナイフを投擲《とうてき》する。

キン！　という鋭い音が鳴り響く。音速を超えたためだ。

「ギィィィッィイィッィイイイ⁉」

再び山中に耳障りな絶叫が響いた。

俺の投げたナイフが寸分たがわず奴らの心臓へと吸い込まれたのだ。

「無駄な時間をくったな。さっさと帰るぞ」

俺は亡骸《なきがら》の中心に佇みながら言った。

だが、

「ご、ご主人様ぁ」

と、リュシアが口を開く。

一体なんだ？

「ご主人様があんなに私たちのことを思って下さっているなんて、リュシアとっても嬉しいです‼」

「……は？」

俺があっけにとられていると、エリンとシーも顔を赤くして、

「俺の孤児院の娘たち、かあ」

「大切な娘たちを狙ったから腕ぐらいガタガタ言うな、ですって～。何だかお姉ちゃん照れちゃう♪」

ちっ、確かにそんな言葉も口走ってしまった気がする。

「調子に乗るな。院長としてお前たち孤児の安全が脅かされれば守るくらいはする。当然の義務の範囲というだけだ」

そう思わず早口で訂正した。

だが少女たちは顔を見合わせてから、クスクスと微笑み合った。

ちっ、何なんだ？

「うふふ、そうですかあ。守って頂けるんですね」

「あんた以前は飯以外は面倒みないって言ってなかったかなあ？」

「ついにお姉ちゃんをお姉ちゃんとして受け入れてくれる気になったのね♪」

……そう言えばそうだったな。

確かに、孤児院の経営を命じられた当初、俺はこいつらに飯を与えるくらいのことしかしないつもりだったのだ。

……いや、違う。

飯を与えるくらいのことしか『出来ない』と思っていたのだ。

家族の温もりも何も知らない俺が出来ることなど、それくらいしかないと考えていたからだ。

だが、俺は今、こいつらを守ることが自分の役割だと自然に思っていた。

（……そうか）

こいつらも大概色々と勘違いしているが、俺もまた一つ勘違いしていたことに気づく。

今でも孤児院の経営など俺には不向きだという確信に揺るぎはない。

だが、不向きと出来ないこととは違う。

俺は幼い頃に家族が壊れ、独りで生きて来た。そのせいで人を碌《ろく》に信用しなくなった。

ただ、それは幼い頃に経験した、信じていたものが壊れるという状況を再び体験するのが嫌だったからだ。

俺にとって人を身近に置くこと、そして信用することは難しい。

だが、出来ないこととは違う。

俺は恐らく今、家族を失ってから初めて、誰かを傍に置くという経験をし、そしてそれを悪くないと思い始めているのだ。

そして、それはたぶんこの少女たちも同じなのだろうと直感する。

奴隷として虐待された少女、国を滅ぼされ放浪した王女、神から見捨てられた女。

どいつもこいつも一度切れてしまった他人との絆を恐る恐る手繰り寄せようとしているのだ。

それはいびつながら、もしかすると世間では、こうして寂しい者たちが寄り添う姿を『家族』というのかもしれなかった。

「あの、ご主人様、押し黙ってしまわれて、どうされたんですか？　あの私たちの冗談でご気分を害されたなら……」

と、黙考する俺にリュシアが心配そうに口を開く。

俺は首を横に振り、

「その程度のこと、俺が気にする訳がないだろう。さあ、さっさと帰るぞ」

俺はそう言って踵を返す。

「は、はい………そうですね帰りましょう、私たちの家《孤児院》へ!!」

リュシアは元気な声で答えたのであった。

11. 更なる試練　～ゴブリンの王～

俺たちは夜になるまでに街へ戻って来ることが出来た。

中級の回復ポーション五個と、S級モンスターであるゲールゴブリンの討伐。収穫は満足のいくものだ。

「一つだけでも困難な課題なのに、両方こなされるなんて、本当にご主人様はすごいです！」

「ふ、俺にとっては大したことではない」

そう言うとリュシアがニコリと微笑んだ。

……と、そんなやりとりをしながら通りを歩いていると、ふと違和感を覚えた。

（いつもより人通りが少ない？）

普段ならば賑わっている時間だというのに閑散《かんさん》としている。

それに露店も今日は早々に店じまいしており、ポツリポツリと残っているのみだ。残った店もすでに帰り支度を始めている。

まるで何かに追われているかのように。

（……きな臭いな）

俺の悪い予感は当たる。

俺は足を早めながら孤児院への道を急ぐ。

見えて来た。

だが、孤児院の門前にはキンブルク家の首領《ドン》、ティターノが待ち構えていたのである。

そして、

「申し訳ないが国王からの指示により、ルーナ孤児院は接収させてもらう」

俺は自分のよく当たる勘に舌打ちをしたのだった。

俺たちは一旦孤児院のリビングに集まる。

「ティターノ、貴様は中級の回復ポーション五つで借金の返済を待つと約束したはずだ。口約束とはいえ契約は契約。それを破ってただで済むと思っているのか？」

「そうです！　せっかくご主人様が中級の回復ポーションの作成に成功されたのに……。約束を破るなんてひどすぎます!!」

リュシアの言葉に、ティターノは驚愕の表情を浮かべる。

「ほ、本当なのですか？　ま、まさかこれほど早く生産に成功されるとは……一体どうやって……」

「黙れ。今はそんなことはどうでも良いだろう？　大事なのはお前が約束を反故《ほご》にしようとしている点だ」

ティターノはゴクリとのどを震わせて、

「ナオミ殿の怒りはもっともじゃ。しかし勘違いせんでくれ。先ほども言った通りルーナ孤児院の接収は国からの指示なのじゃ。今のワシはそれを代行しているにすぎん」

国、だと？

「なぜだ？　どうして急にそんなことを始める必要がある？　貴様の説明では孤児院の財政は国とは切り分けられていて、ほぼ無関係なはずだ。……街が閑散としていることと何か関係があるのか？」

俺の質問にティターノは無念そうな顔で頷く。

「その通りですじゃ。奴らとの戦争にあたり物資の集積所が不足しておる。そこでワルムズ王はなりふり構わず接収出来る大規模施設を召し上げるよう命令を下した」

「戦争？」

俺は眉根を寄せる。

「一体どこと戦争などするつもりだ？　隣国と情勢が不穏なことは聞いている。だが、今朝の時点でそんな話はなかったはずだぞ」

俺が詰問口調で追及しようとした時である。

「すまねえ！　マサツグ君はいるか⁉　急ぎの用事だ‼」

そんな風に息せき切った様子で冒険者ギルドのボス、ドランが部屋に駆け込んで来たのだった。

（マフィアのボスに続いて、冒険者ギルドのボスの登場だと？）

いよいよきな臭い。

「ちっ、俺は単なる孤児院の院長なんだぞ？」

思わずぼやく。

俺の仕事とは孤児の面倒を見るのが仕事だったはずだ。こんな裏社会を牛耳っているような者と付き合うのは業務外である。

俺はドランに向かい、

「今は取り込んでいます。申し訳ないですが後にして……」

が、その言葉をティターノは遮り、

「ナオミ殿、これは恐らく同じ案件じゃ。ドラン殿の話を聞いた方がよかろう」

そんな訳の分からないことを言うのであった。

まったく、何なんだこれは。

俺は悪態を吐きながら、ドランを近くの席に座らせたのである。

「ゴブリン王《キング》による大移動ですか？」

俺の言葉にドランは厳しい表情を浮かべつつ深々と頷いた。

ドランの口から語られたのは、突如発生したゴブリンの群れが、明日の夕刻にはこの街を通ると いう信じられないものであった。

それは『ゴブリンの大移動《カタストロフェル》』という名で呼ばれる現象で、通ったあとには草木一本も残らない災害の様なものらしい。

「『ゴブリンの大移動』はゴブリン王《キング》が率いることで初めて発生する。普段ゴブリンどもは一匹一匹がてんでバラバラに動く有象無象どもにすぎねえ。だが王が生まれると途端に組織的な行動を取るようになるんだ。そうして、定期的に大移動を繰り返す」

なるほど、ティターノの言っていた戦争とはこのことか。

「だが、なぜそれほど慌てる必要があるんですか？　過去にも発生しているのなら、その時の対応を踏襲すればいいはずですが？」

だが、ドランは首を横に振る。

「いや、『ゴブリンの大移動』は神話にエピソードが残るくれえだ。王《キング》を実際に目撃した奴は存在しねえんだ！」

……それは妙な話だな。

その話が本当ならば最近になってゴブリン王《キング》が誕生したということになる。だが、なぜいきなりそんなことが起こる？　偶然、と片付けるのは楽観が過ぎるだろう。

だが、肝心の理由は不明らしい。

「王《キング》が突如誕生した原因は分からねえ。何か大きな異変が起きているのかもしれねえが、今は何も分かっちゃいねえ」

そう言って厳しい表情を浮かべる。

「ともかく、今朝方その大軍団が発見されてな。神話にわずかに記録が残る大移動だと気づいた城のモンたちは、大慌てでギルドへ伝令を飛ばして来た。冒険者を非常招集するようにってな。今は街から数キロ離れたナイリア平原で、城の正規兵と一緒にゴブリンどもを待ち構えてるよ。開戦予想時刻は明日の昼頃だ」

「この戦いで負ければワルムズ王国は終わりですな」

ティターノが落ち着いた様子で言う。

なるほど、状況はかなり切迫しているようだ。『ゴブリンの大移動』がこの街を蹂躙するならば、このガタが来ているルーナ孤児院もひとたまりもあるまい。

「……何とかゴブリン王《キング》だけを狙い撃ちに出来ませんか？　王《キング》を討ち取れば、他のゴブリンたちは烏合《うごう》の衆《しゅう》に戻るはずです」

「それが出来りゃ苦労はないな。だが、王《キング》までは数千体のゴブリンたちが鉄壁の防御陣を敷いている。また、王《キング》がどこにいるかも不明なんだ。姿かたちも分からねえしな……。……ああ、そう言えば確かワルムズ王が召喚したという異世界の勇者たちだったか。そいつらも同じ作戦を考えていたそうだ。だが結局名案は浮かばなかったらしい。いや、そんな方法を取らなくても真正面からぶつかって勝てる、と豪語したと聞いた」

（馬鹿どもが）

俺は内心で呆れる。

異能《スキル》を得たことで舞い上がっているのが手に取る様に分かったからだ。

無論、スキルを頼っても良い。

だが、そのために必勝を期す努力を怠っている。

王《キング》こそが相手の心臓部。

そこが相手の急所だ。そこまで分かっていて一見困難だからと言って諦めてしまうのは愚かを通り越して利敵行為にすら思える。

（地球にいたころと同じ感覚でいるのか。だからダメなんだ。全ての判断、思考が甘すぎる）

相手の弱点をみすみす見逃すなど甘えでしかない。

（それに真正面から戦って勝つなど本気か？　お前たちは昨日までただの甘ったれた学生だったんだぞ？　殺し合いをするという意味が理解出来ているのか？）

俺の様に幾つもの試練を乗り越えていれば話は別だが、城にいた奴らがそういった過酷な状況を経験しているとは考えづらい。

「……状況は理解出来ました。ですが、どうしてそのことを俺にわざわざ伝えに来たんですか？

そういう事態なら、俺に会っている暇なんてないはずですが？」

当然の疑問を口にする。

するとあろうことかドランは突然ガバっと地面に頭をこすりつけた。

「頼むマサツグ君、この国を救ってくれ!!」

そう必死の形相で懇願《こんがん》して来たのである。


目の前には土下座するギルドマスターがいる。

俺は口を開き、

「お断りします」

と即答した。

「ど、どうしてだ!?」

ドランが驚愕する。

「国が……国が滅びるかもしれないのだぞ!?　そうなれば、君のルーナ孤児院だってただでは……!?」

「俺はあくまで孤児院の院長です。兵士でも冒険者でもない。戦場に行くのは俺の仕事ではありません。そもそも、どうして俺なんですか？」

ギルドの総意な訳がない。ならば、

「マスターの独断ですか？」

それは問題だろうと言外ににじませる
だが、ドランは真剣な表情で首を横に振った。

「冒険者ギルドの総意……正式なものだ」

なんだと？

「まあ、もちろん、俺の意見も入っちゃいるが……、冒険者ギルドは今回のゴブリン王《キング》討伐について、正式にマサツグ君へ依頼することを会議決定した」

ドランそう言って、懐から羊皮紙を取り出す。

そこには、確かに俺を今回のゴブリン王《キング》討伐に抜擢《ばってき》する旨が書かれていた。

「……どこの馬の骨とも分からない新参者に与える役割とは思えませんが。反対する人はいなかったのですか？」

するとドランは笑みを浮かべ。

「冒険者ギルドはとにかく実力主義でな。君がオリハルコン製の剣を破壊したこと。そしてA級冒険者ゴズズを歯牙にもかけなかったことを説明したら皆納得してくれたよ。恐らく、君の強さはすでに大陸に数人といないSクラスに届いているだろう……とね。それに実際問題、明日の昼までに駆けつけられるSクラス冒険者はいねえんだ」

ちっ、と俺は舌打ちする。

思った以上に冒険者ギルドの幹部どもが有能だったからだ。

「で、やってくれるかね⁉」

ドランが食い気味に尋ねてくる。だが、もちろん答えはノーだ。

「やりませんよ。軍人や傭兵の仕事のはずだ。俺はここの院長。先ほども言った通り戦う理由などない」

「ぐ、ぐぐぐ、まさにその通りだ。だが、今のままでは国が滅亡してしまうかもしれない！　S級にも及ぶと思われる君の力が絶対に必要なんだ！　今回集められた冒険者の数はA級が十人、B級が二十八人、C級が百十五人、D以下が三百といった具合だ。とてもではないがS級不在のまま十万に及ぶゴブリンの大軍に打ち勝つことは出来ない！　君の様な規格外の力が不可欠だ!!　無論、国の兵士たちもいるが、集めに集めて一万程度、焼け石に水だ。ああ、それから異世界から召喚した勇者だとか言うガキども。見て来たがアレはダメだ、使い物にならん！　いくら強くても、戦場に立つには己を律する強さ、そして何より粘り強さといったタフさが必要なんだ。奴らは召喚によって異能を得たらしいが、そんな付け焼刃の力で活躍出来るほど戦場は甘くない！」

そう言って気炎を上げる。

「頼む！　彼らではなく君が頼りなんだ。当然だが報酬も用意する！　五百万ギエル……。いや、これは俺の独断になるが一千万ギエル出そう!!」

破格の報酬が提示される。いや、国を救うのだから安いくらいか。

だが、それと俺が依頼を受けることとは別の話だ。

俺を頼りたい気持ちは理解出来ないでもない。俺がギルドマスターの立場であれば同じ選択をするに違いない。

だが、やはり俺は孤児院の院長だ。世話をすべき孤児どもがいる。ゴブリン王《キング》になど関わるのは埒外《らちがい》だ。

（現にこうしてティターノにルーナ孤児院を接収されるかもしれないという状況なのだから）

俺は視界にティターノの姿を映す。

……いや、なるほど。

「……そうか」

俺は天啓を得た様に手を打つ。

「ど、どうかしたのかね、マサツグ君？」

ドランが困惑したように言う。

「いえ、俺たちルーナ孤児院、冒険者ギルド、そしてキンブルク家の全員が幸せになる方法を思いついたものでね」

その言葉に全員が驚きの声を上げた。

「そ、それは一体どういう方法なのじゃ、ナオミ殿」

「ご主人様、それは本当ですか⁉」

ティターノとリュシアが声を上げる。

「まずキンブルク家だ。お前たちにはルーナ孤児院の接収を中断してもらう」

その言葉にティターノは困惑の表情を浮かべる。

「し、しかしそれは……」

「最後まで俺の話を聞け。安心しろ、悪いようにはせん」

俺は視線をドランに移し、

「次に冒険者ギルドですが……報酬については一千万ギエルで間違いないですね？」

「あ、ああ。冒険者ギルドのギルドマスター、ドランの名にかけて誓おう」

「いいでしょう。では、その報酬は前払いでキンブルク家にお願いします」

「どういうことだ？」

「簡単な話です。今回の依頼を受けると言っているんですよ。ただし報酬は前払い。それが条件です。孤児院の借金は返済され、キンブルク家も債権の回収が出来る。冒険者ギルドは俺にクエストを依頼出来る。そういうことです。無論、こんなことは今回だけにしたい所ですがね。孤児院を守るためにはやむを得ないでしょう」

俺の言葉にティターノはすぐに頷く。

一方のドランは少し考えた後、やはり深々と頷いた。

「ふ、一千万ギエルの前払いですよ？」

俺はからかうように言うが、ドランはニヤリと笑い、

「へ、俺に断る理由がどこにある？　何せ成功を約束された依頼だ。マサツグ君がこの災厄解決に乗り出してくれるというのなら諸手《もろて》を挙げて歓迎するだけだ」

ティターノも口を開いた。

「我がキンブルクファミリーも首領《ドン》の名のもとに承知しましたじゃ。債務がないなら接収する理由

もない。それに、先ほどのやりとりを見ていても、冒険者ギルドがナオミ殿を相当高く買っていることは理解しております。……ワシらとしてもお主と敵対するのを是《ぜ》としている訳ではないのですじゃ」

決まりだな。

兵士でも冒険者でもない俺がゴブリン王《キング》の討伐に向かうことに不満が無い訳ではない。

だが、ルーナ孤児院を救うにはこれしかない。

それに、実際問題として今この国を救えるのは俺だけというのも事実だ。

(クラスメイトたちでは力不足)

あいつらがもう少ししっかりしていれば俺が出るまでもないのだが。まあ、それは言っても詮無いことだ。

と、そのように交渉が一段落ついたと考えていると、俺の服の裾がクイクイと引っ張られた。

「ご主人様、私も付いて行きたいです!!」

それは尻尾を大きく振り、なぜかやる気になっているリュシアであった。

「……なぜだ?」

俺は思わず理由を問うが、エリンとシーも手を上げて、

「あたしもやるぜ!　自分の家は自分で守るんだ!　今度こそな!!」

「孤児院がなくなっちゃったら、みんな離れ離れになっちゃうわ。でもね、マー君だけに頼ってちゃだめだと思うの。私たち孤児院に住むみんなで、自分たちの居場所は守らなくっちゃって!」

そう言って三人は真っ直ぐ俺を見つめてくる。

暑苦しい奴らだ。

だが、

「仮初でも家族、か」

なるほど、そうだったな。

俺たちは孤独なのだ。孤独な奴らの集まりだ。

だが一人では何も出来ないと思ったからこそ、こんな廃墟で共に暮らしているのだろう。

ぶち壊してしまうのは、なぜか少しばかり惜しいと感じる。

「家族の帰る場所か。この孤児院は」

俺のそんな呟きに、リュシアたちが首をひねった。

「ご主人様、今更どうしたんですか？　当然じゃないですか！」

「そうだぜ！　あんたはお父さん、さながらあたしは、お、お、お、お嫁さん役ってか？」

「抜け駆け禁止よ、エリンちゃん。でも、本当にマー君もリュシアちゃんもエリンちゃんも、私の大切な家族だよ♬　可愛い旦那様と妹が出来てお姉ちゃん幸せ♬」

「シーちゃんもさらっとルール違反しちゃだめです！」

ワイワイと言い合いをする。

ふ、ならば構うことはないか。

「分かった。では俺たちルーナ孤児院ファミリーで家を守ることとするか。俺たちの平穏を乱そうとする奴らに天罰を与えてやるとしよう」

俺のその言葉に、少女たちの元気な返事が響いたのだった。


「話はまとまったようだな。なら王国軍および冒険者軍と合流してくれ。すでに軍はナイリア平原に向かっている。今から追いかければ開戦までには余裕で合流出来る」

ゴブリン王《キング》討伐を受諾した俺に、早速ドランが段取りを説明する。

だが、俺はその言葉にゆっくりと首を横へ振った。

「いえ、合流の必要はありません」

「……なっ⁉」

ドランが目を剥いた。

「だ、だがさっき依頼を受けてくれると……」

そう言って顔を近づけてくる。……暑苦しい男だ。

「合流せず勝つ方法があるというだけです。……その方法を教えますから顔を離してもらえますか？　はぁ……、それほど大したことではありません。単に今の状況を利用しようというだけです」

「い、今の状況を利用だと⁉」

リュシアたちも首を傾げる。

全員、俺が言う作戦に見当もつかない様子だ。

「よく彼我《ひが》の戦力に目を向けてください。今がどんな状況か整理するんです」

俺の言葉に全員が頭を悩ます。

ドランが口火を切った。

「そ、そうだな……。とりあえずワルムズ軍が開戦のために陣を敷いて、ゴブリンどもを全軍で待ち構えている所だ」

と、リュシアとエリンが手を上げ、

「総力戦ですよね。この戦いで負ければワルムズ王国は滅亡です」

「敵の大将はゴブリン王《キング》だ。こいつを倒せばあたしたちの勝ちだ。まあドランの話だと、見つけるのは至難の業らしいけどな。ゴブリンたちは統制が取れているって話だから、厄介だと思うぜ。全力で王《キング》を守るだろうからよ」

その至極当然な答えの内容に俺は、

「なんだ分かってるじゃないか。それで正解だ」

だが、皆はますます困惑した様子で、

「いやいや、それでは分からん!」

「ご主人様、意地悪せずにリュシアに教えてください!」

などと悲鳴を上げる。

仕方のない奴らだ。

「やれやれ……。時間も惜しいから結論を言うぞ。今の状況とは、すなわち『ワルムズ王国全軍が囮状態にある』ということだ」

「……へ？」

呆けた声が重なった。

「分からないか？　ワルムズ王国の全軍をゴブリン軍の目の前に置けば、ゴブリン王《キング》の目はそちらへ引き付けられる」

あっ!、と誰かの声が聞こえた。気づいたようだな。

「そう、結果的にワルムズ王国の全軍は、俺のために囮になってくれている。俺はその隙を突きゴブリン王《キング》を討伐する」

「すごいよ、マー君!!　マー君が世界を救うんだね♪」

シーが歓声を上げる。

「最初に言った通り、王《キング》さえ倒せばゴブリンどもは烏合の衆にもどるだろう。そうすれば後は王国軍に任せても大丈夫だ」

奴らにも多少は活躍の場を残しておいてやらなくてはな。

ドランとティターノが感嘆していた。

「さすがマサツグ君だ……。俺の目に狂いはなかった。ゴブリン王《キング》を討伐するという最高の方策をこれほど鮮やかな手並みで作りだすとは……」

「いえ、これだけでは不十分です。……リュシア、エリン、シー、お前たちにも手伝ってもらうぞ」

「わ、私たちにも手伝えることがあるんですね！　何でも言ってください！　あ、でもご主人様の作戦があれば十分なのでは？」

リュシアが意外そうに首をひねるが、俺は苦笑する。

「そんな訳があるまい？　今のはあくまで大局的、戦略的な話だ。戦術レベルの話はこれからする」

「「「せ、戦術レベル!?」」」

三人が驚きの声を上げた。

「ご主人様、でも私たちに出来ることがあるでしょうか？　私もいちおう獣人ですので、少しは戦えると思いますが……」

「あたしも本格的な戦いの経験はねえんだよな……。まあ、多少魔法なら使えるっちゃ使えるが」

「お姉ちゃんも支援魔法は得意なんだけど、攻撃は苦手なのよね……」

……なるほど。

「お前たちが勘違いをしていることは分かった」

えっ!?　という声が少女達から上がる。

「おいおい、マサツグ君が言ったんじゃないか？　彼女たちに作戦を手伝ってもらうと」

ドランもか。

「お前たちに戦わせるはずがないだろう。孤児を危険な目に遭わせる院長がいては管理人失格だ」

その言葉にシーが首をひねる。

「じゃあ、お姉ちゃんは何をすれば……。あっ、そうか、マー君のお世話だね♪　任せて、お姉ちゃん張り切っておさんどんするからね」

「ああ、遠慮せずゴブリンの餌になれ」

「私がおさんどんされる方!?」

こいつが口を開くと話の腰が折れるな。

「お前に……いや、お前たちにそんなことは期待していない。やってもらうのはロジスティクスだ」

「「「ろ、ろじすてくす？」」」

チンプンカンプンといった所か。まあ、そうだろう。

「後方支援をしろということだ。……二度と言わないから覚えておけ。無自覚のようだが、お前たちにはそのロジスティクスを担当出来るだけの才能がある」

「えっ、私たちにですか!?」

「へ、へへ～、やっぱり？　あたしって天才？」

「お姉ちゃんびっくり！」

俺は舌打ちをしてから、

「リュシアが人知を超えた音と匂いへの探知能力を有していることは既に見させてもらった。エリンの精霊魔法、シーの水魔法の力もこの目で見ている。俺が言うのだから間違いない」

「そ、そうなんですか……？」

「なんだよお、照れるなあ……」

「お姉ちゃんもマー君の役に立てるんだね♪」

ワイワイと騒ぐ。

調子に乗られても鬱陶しい。釘を刺しておくか。

「いい気になるな。無論、俺の頭脳あってのことだ」

するとリュシアが、

「そうですね」

と、ニコニコとして言った。

ふん、分かればいい。

「さあ、そのあたりは移動しながら説明する。明日の昼には開戦するとなれば、今日中に移動を完了させる必要がある」

そんな俺の言葉に少女たちは、

「「「ルーナ孤児院ファミリー、出陣～!!」」」

と、力の抜ける声で鬨《とき》の声を上げたのであった。

ともかく、こうして俺たちのゴブリン王《キング》討伐クエストが開始されたのである。

「今日はここで野営する。明日の戦いに備えて早く眠れ」

俺たちはナイリア平原を見下ろせる高い丘へとやって来ていた。

明日の昼には目の前を十万のゴブリン軍が通過する。

ギルドに馬車を用意させ、思いきり飛ばさせた。

時刻は既に深夜、夜空には月が煌々《こうこう》と光る。

テントを早々に張ると寝袋にくるまり目を閉じた。

……が、一時間ほどして目が覚めてしまった。

(柄にもなく緊張でもしたか?)

俺は皮肉気に唇を釣り上げる。

隣でグースカと間抜けな顔で眠るエリンとシーを見て若干感心した。

(……ん?)

リュシアがいない?

……どうせ、こういう時は無理に眠ろうとしても無駄だ。

俺は眠くなるまでの時間つぶしだと、静かにテントを抜け出す。

相変わらず紅い月が煌々とナイリア平原を照らし、白く瞬《またた》く星々が夜空にちりばめられていた。

昼に比べてグッと冷え込んだ空気が肌を刺し、無音の世界が孤独を伝えてくる。

その感覚は俺の慣れ親しんだものだ。

俺は落ち着いた気持ちで丘を歩く。

道は岩肌もあり、足を滑らせれば危険だ。気を付けて足を運ぶ。

と、ナイリア平原を一望出来る丘の先端部分で、リュシアの後ろ姿を見つけた。

「そんな所で、どうした？」

「あっ」

小さな驚きの声を上げる。

「ふっ、お前の苦手なお化けだとでも思ったか」

俺は冗談を飛ばす。

だが彼女は、

「ああ、いえ、そうではなく……」

と言って首を横に振る。

（そう言えば、俺の足音くらい、リュシアの聴覚ならば既にとらえているはずだ）

俺も怪訝に思う。

するとリュシアが口を開き、

「その、いつもよりも優しい声だった気がして」

そう言ってほんのりと頬を染めたのである。

ふむ、なるほど。

「空気が薄くなったせいで、声の聞こえ方が違うのかもしれんな」

気圧が低くなったせいだろう。

「へっ？……あ～、はい、そうですね」

そう言って、なぜか困ったような顔をして笑った。

うむ、と俺も頷いてリュシアの横に立つ。

ここからはナイリア平原が一望出来る。ゴブリン軍は翌日の昼にはここを通るはずだ。王国軍はここから一キロほど手前に陣取り、防御陣を敷いている。

「お前も眠れないのか？」

「ご主人様もですか？」

リュシアが驚いた声で言った。

「私、ご主人様はいつも落ち着いてて、冷静沈着な方かと思っていました」

「そうか。まあ、今日はたまたま眠れなかっただけで……」

「出会った最初の頃だけは、ですが」

……何？

リュシアがペロリと冗談っぽく舌を出す。

が、すぐに真剣な表情になると、

「ご主人様が私たちのことを凄く考えていてくれているの、よく分かっています。態度には表されませんが、毎日私たちのことで戸惑ったり、お困りになってますよね？　口調はきつくても、全部私たちを思ってのことだというのが伝わって来るんです」

……ふむ、どうやら大きな勘違いがあるらしいな。

「馬鹿め、俺にかかればお前たちの世話ごとき片手間にすぎん。苦労など味わった覚えはない。それに、俺は俺のしたいようにしているだけだ。勝手に感謝などされては迷惑なだけだ」

「ふふ、そうでしたね」

リュシアはそう言って微笑む。

少しの間、お互いに黙り込んだ。

しばらくしてリュシアがポツリと、

「実は少し故郷のことを思い出していたんです」

「故郷……」

はい、とリュシアは頷く。

「私の故郷はワルムズ王国の北にあるカランという町なんですが、そこにも似たような小高い丘があるんです。私はその丘から月を眺めるのが好きで、よくお父さん、お母さんに連れて行ってもらいました。もう何年もそんなこと忘れていたのに……」

リュシアの両親はすでにこの世にはいない。天にいるだろう両親に思いをはせていたのか。

ならば、それは祈りの時間だったのかもしれない。

「邪魔をしてしまったようだな」

そう言って立ち去ろうとする。だがリュシアは口を開き、

「いいえ、ご主人様が来てくれて嬉しいんです」

と言ったのである。

嬉しい？

「お父さんとお母さんのことを考えていたら、やっぱり寂しい気持ちで一杯になっちゃいそうでし

たから。でも、ご主人様が来てくれたおかげで、そんな気持ちどこかに消えちゃいました。やっぱりご主人様はすごいです。いつも私に勇気をくれます」

そう言って俺の服の裾を掴む。

いつもならば鬱陶しいので振り払う所だが、今日はなぜかそういった気持ちにはならない。月のせいだろうか？

「何もした覚えはないのだがな」

精々飯を毎日作っているくらいだ。

あとは孤児であるこいつらをこき使って商売をしているに過ぎない。

が、リュシアはブンブンと首を横に振り、

「いいえ。そんなことありません。現にこうやって傍にいてくれているじゃないですか」

そう言って俺を見上げてくる。

「傍にいるだけで、か……」

「はい」

リュシアは嬉しそうに頷いた。

俺は思わず押し黙る。リュシアの姿に、己を見た様な気がしたからだ。

他人が当たり前のように傍にいること。

それによってリュシアは絶望から救われた。

では、やはり孤独に生きて来た俺も変わろうとしているのだろうか？

……だが、俺の口から出る言葉は皮肉ばかりだ。

「単に責任を果たそうとしているだけだ」

院長としてのな。

「せ、責任ですかっ……！」

が、なぜかリュシアが迫真の表情を浮かべた。

……急にどうした？

リュシアはなぜかモジモジとしてから、おどおどとした調子で口を開いた。

「ご、ご主人様……。私は……リュシアはご主人様に凄く感謝しているんでふ！」

噛んでいるが触れずにおく。

「だ、だから私……何かお礼をしたいとずっと思ってました……」

やれやれ、俺の言ったことが理解出来ていないようだな。

「言っただろう。責任を果たしているだけだと」

だから、礼などしてもらういわれは……。

「いいえ、そうは行きません！」

と、なぜか強情にリュシアは主張する。

本当に今回はどうした？

……まあ、律儀なこいつのことだ。受け取らなくては余計にうるさいかもしれんな。

「まあいいだろう。その礼とやらを有り難く受け取ってやる。で、何をくれると言うんだ？」

「ほ、本当ですか⁉　そ、それじゃあ、もし、ご迷惑でなければなんですが……」

頬を染めこっちを真剣に見つめてくる。

かなり鬼気迫る感じだ。

何なんだ？

もしや、プレゼントとは鉛玉とでも言う気か？

それは割と納得出来るオチだが……。

「ご、ご迷惑でなければ、リュ、リュシアの……その……あの……」

彼女は恥ずかしそうに耳をパタパタと動かす。

……ふむ、どうやら鉛玉ではないようだ。悪意に敏感な俺には、それくらいのことは手に取る様に分かる。

では、一体なんだ？

「わ、私のこ、この……」

この？

「か、から、から……を……」

から？

から、とは何だ……？

……ああ、なるほどな。ふ、そういうことか。

勘のいい俺は容易《たやす》く見抜く。

「それは良い案だな」

俺がそう言うとリュシアはビックリした表情を浮かべる。

が、次の瞬間には顔をリンゴの様にして、猫耳と尻尾を両方パタパタ、ブンブンとせわしなく動かした。

「そ、そうですか？　私となんかで本当によろしいのですか？」

「もちろんだ。よろしく頼むぞ？」

「は、はい……ご主人様……」

彼女はそう言うと、ポーッとした表情で俺を見上げる。

月の光を浴びているせいか、目元は潤み、唇もしっとりと濡れているように見えた。

頬はうっすらと赤く染まり、気のせいかやや呼吸も早い。

裾を掴んでいた彼女の身体が、なぜか先ほどよりも近くにある。

ふむ、それほど楽しみなのだろうか？

まあ、分からんでもない。

俺ですら考えればドキドキとするのだから。そう、

「お前の故郷、カランか。ふふふ、どんな所か楽しみだな」

「…………へ？」

なぜかリュシアがキョトンとした表情をした。

ん？

「どうした、お前が提案した礼とやらだろう？　そのカランへの旅とは」

そう言うと、リュシアの表情がピシリと凍り付いた様な気がした。

どうしたんだ。まあ、構わずに続けるか。

「実は俺は旅好きでな。金のかからない範囲でよく一人旅をしていたものだ。だから、お前の故郷とやらを見るのもとても楽しみだ」

が、やはり彼女は微動だにしない。

本当にどうかしたのか。……ああ、いや、そうか。

「さすがに眠くなってきたのか？　随分話したからな」

すると、リュシアがついに動き始め、

「は〜」

と、特大のため息を吐いたのだった。

「もう、ご主人様らしいです。……でも、そうですね、慌てることないですね。まずはお父さんとお母さんに報告しないと。とても素敵な方に大切にしてもらってますって」

なぜか目元にうっすらと涙をにじませながら。

「墓参りくらいは一緒にしてやる。それに色々な景色を見るのは良いものだ。案内してくれ」

「はい、ご主人様、了解しました！　どこまでも一緒に行きましょう!!」

リュシアは嬉しそうに微笑み、

「？　ん、ああ、そうだな」

旅の話だというのに大げさなことだ。

「でもご主人様？」

「なんだ？」

いつの間にかリュシアが真剣な表情になって俺を見ていた。

「ご主人様が負けるなんてこと、無いとは思います。ですが、絶対に無事で帰って来てくださいね？　ご主人様がいないルーナ孤児院なんて……」

そう言ってキュッと胸の前で手を組む。

「ふ、無駄なことを考えるな」

「で、でも……」

彼女が心配だとばかりに耳を伏せた。だが、

「絶対に問題ない。なぜなら、ゲールゴブリンどもが俺に教えてくれたからな。俺の『守る』力のトリガーを」

「そ、そうなんですか!?　そ、それは一体……わぷ!?」

俺はリュシアの頭を乱暴に撫でる。こうすればこいつは黙るからだ。

スキルのトリガーについては話す訳にはいかない。

俺が墓場まで持っていくものだ。

「ふ、ふにゃあ、ご主人様ぁ……」

それ以上は余計な質問をよこさず俺のなすがままになった。

ふ、非道だと罵るならば罵ればいい。

さて、そんなやりとりをしているうちに、いい加減睡魔が襲ってくる。

安全のために仕方なくフラフラとするリュシアと手をつなぎ、俺たちは煌々とした月の下、テントへと戻って行ったのだった。


「……来ました」

リュシアの報告から数分後、

『ゴゴゴゴゴゴ』

そんな形容がふさわしい砂煙が遠方に見えた。

その光景はたちまち大きくなり、音だけでなく地響きまでもを俺たちに伝えて来る。

災厄とまで言われた『ゴブリンの大移動』。

十万を超える悪鬼たちによる死の行軍。それは不浄な足で大地を汚す行為であり、行く手にあるあらゆる生命を蔑ろにしながら進む、唾棄《だき》すべき獣どもの行進だ。

反対の方角へと目をやる。

そこには数キロ距離を置いてワルムズ王国軍と冒険者による連合軍団が陣を敷いて待ち構えていた。

クラスの奴らもいることだろう。

（王都手前でゴブリンの軍団を食い止める計画か。まさに背水の陣だな）

思い切りがつかなかった奴らしい選択だ。

ゴブリンどもは行軍する。

そして、王国軍の手前一キロ程度の場所に到達すると、一度その行軍を停止したのであった。

（ピタリとした停止……かなり統率が取れている証拠だ。どこにいるのかは分からないが、ゴブリン王《キング》が存在しているのは確実だな）

俺はそう看破する。

ゴブリン軍十万に対して王国軍は一万。

だが無策に突撃するようなことはないようだ。

そんな光景を見て俺は、

「まずは戦略通りだな」

俺の作戦には、こうしてゴブリン軍が停止してくれる必要がある。ワルムズ王国軍は全軍をもって、囮の任務を果たしてくれた。

俺はほくそ笑む。

「なんだよお、マサツグ嬉しそうに笑いやがって」

と、後ろにいたはずのエリンがからかうように言って来た。

ちっ、と舌打ちしてから、

「当然だ」

笑みをひっこめて振り返る。

そこにはリュシア、エリン、シーがわずかに緊張を含んだ表情で佇んでいた。

どうやらエリンの先ほどの言葉は自分たちの緊張を解くための冗談の様な物だったらしい。

（無理もないがな）

戦場なのだ。緊張などするな、などと言うつもりはない。

が、今回の作戦は少女たちに危険はない。また一人一人の役割も単純で難しくはない。

素人のこいつらに、難しい作戦を期待するなど無能も良い所だ。

俺は絶対に出来ることを彼女たちに依頼している。

だが、誰にでも出来るものでもない。この三人だからこそ出来る作戦なのである。

（ふ、だがまあ、よくぞ偶然こんな孤児どもが俺の元に集まっていたものだ）

俺は何となくそんな思いにかられる。

何せ獣人、ハイエルフ、悪霊だ。冷静に考えれば普通ではない。

（……いや、いちおう俺もそうだ）

自分を棚上げにしていたと我に返る。

肩書だけを見れば、俺は異世界から偶然にも、この世界に召喚された別世界の住人なのだ。

（ふ、まるであたかもこの災厄を防ぐために運命に導かれルーナ孤児院に集ったかのようだな）

俺はそんな着想を得る。

が、すぐに噴飯物だと笑い飛ばした。

運命などくだらん。もし、そんなものがあるとしても、俺は……いや、こいつらにも手伝わせてその下らん運命とやらを打ち砕くだけだ。

と、シーが手を上げた。どうやら準備が完了したようだな。

「シー、段取りは分かっているな？」

「うん、お姉ちゃん頑張っちゃう♪　見ててねマー君♬」

そう言って空を仰ぐ。

放出される魔力に揺られ、ブルーの髪がたなびいた。

相変わらず悪霊のくせに魔法を使う時だけはあたかも女神のごとしだ。

俺がそんなことを考えていると、彼女の口からささやきが漏れ始める。

エリンが、

「呪文による魔力の増幅だ」

と解説する。

ほぉ。

風呂を張る時やポーションに魔力を注入する際にはこうした詠唱はなかった。

（ふ、こいつなりに、今が重要な局面だと理解しているということか）

そんな思いに駆られた、その時、

「あめさん　ふれふれ　みずたまり～♪　あしをぴちゃぴちゃ　たのしいな～♪　おかあさんといっしょに　おいえにかえろ♪　あったかくして　すやすや　ねむろ♪」

童謡が聞こえて来た。

「よし、ゴブリンの餌にしよう」

「ま、待てよマサツグ！　ちゃんと魔力が錬成されていってる！　理解出来ねえほどの複雑な構成だ……こいつは大魔法だぜ!!」

「……まじか」

マジであった。シーが童謡を歌い終わるのと同時に、快晴だった空にたちまち灰色の雲が湧き始めたのだから。

そして、ポツ、ポツ……と、ゴブリン軍の頭上に雨を降らし始めたのだ。

しかも、それは、

「ギャッギャッ!?」

「グギャァ!?」

悲鳴がゴブリンたちの口から漏れる。

「ちょっぴり熱めのにわか雨になっておりま～す♪」

そう、それは熱湯の雨なのだった。

……って、ちょっと待て。

「確かに熱湯を広範囲にわたってゴブリンどもにかけろとは言った。だが、誰が『天候操作』をして熱湯の雨を降らせと言った！」

「え、ええ～、ダ、ダメだった？」

シーがしょんぼりとする。

いや、効果は一緒だから問題はない。

だが、魔法のことをよく知らない俺でも、単にお湯を出すことと、天候を操ることが全くレベルの違うことだということくらいは分かる。

「……お前、やはりただの悪霊ではなかったんだな」

俺がそう言うと、シーはハッとした表情をしてこちらに振り向き、

「そ、そう！　そうだよマー君！　思い出して、私が何者なのかを！」

「ああ、今まですまなかったな。今後はお前のことは尊敬の念を込めて」

「うんうん、尊敬の念を込めて？」

シーが期待を込めた瞳で俺の言葉を待つ。

「ちゃんと風呂焚きの精と呼ぶことにしよう」

「い、嫌だよ⁉　悪霊からは出世したけど、なんでそんな微妙なポジションなの⁉」

やれやれせっかく精霊にランクアップしてやったというのに贅沢な奴だ。

「では、単に雨女とでも呼ぶか」

「それ、ただの悪口だし⁉」

嘆くシーを放置して、俺はゴブリンどもの動向を注視する。

シーが降らした雨の温度は熱湯とは言ってもせいぜい四十度程度。

つまり、いい湯加減ぐらいだ。

更に熱い煮えたぎる湯をかけることも出来た。だが、今回の作戦のポイントはそこではない。

「ご主人様！　おっしゃっていた通りゴブリンたちが移動してます！」

その報告に俺は唇の端を釣り上げる。眼下のゴブリンたちが、

「グ、ギャッギャ！」

「に、人間どもからの、こ、攻撃!!」

「守る！　王、守る！」

そんな叫びをあげていたからだ。

「作戦通り勘違いしてくれたようだな」

そう、これが作戦その二、だ。

リュシアも頷き、

「はい、ホッとしました。何せ私たちはゴブリン王《キング》がどんな姿で、どこにいるか知りません。だから、まずどのあたりにいるのか見当をつけないといけませんからね」

そうだ。

四十度とはいえ、いきなりそうした熱湯が降り注げば、奴らは必ずこう思う。

「マサツグの言った通りだな！　攻撃だと勘違いした雑魚が、王を守ろうと一か所に集まり始めてるぜ！」

エリンの言葉に視線を移動させる。

確かに一か所、ゴブリンどもが不自然に集中している場所がある。

「あの辺りのようだな」

そこに王《キング》がいる。

「だが、まだ完全ではない」

ゴブリンの数が多すぎて、どの個体が王《キング》かまで判別することは現時点では出来ない。

「だが、それも計算通りだ。リュシア」

「はい！　お任せください。ゴブリン王《キング》以外の『匂い』を嗅ぎ当てます!!」

彼女はそう言ってクンクンと匂いを嗅ぎ始める。

獣人族の嗅覚は人間のそれよりも並外れて高い。

一キロ離れていてもその匂いを嗅ぎ当てることが出来る。そのことはポーションの素材集めの時この目で確認した。

（だが、問題がある）

そもそもリュシアがゴブリン王《キング》の匂いを知らないことだ。

知らない匂いをどうやって嗅ぎ当てるというのか？

それは……、

「すげえ作戦だよな。シーの雨で対象範囲を絞り込むなんてよ。でもって、重複する匂いを排除していって、一つしかない匂いを特定しようなんて！　確かに十万のゴブリン相手じゃ不可能だが、今みたく百程度に絞り込めれば難しくはねえ！」

そう『消去法』だ。

「王《キング》は一匹しかない。そしてポーションがそうだったように同種の植物……すなわち生き物はおよそ同じ匂いを発する。ならば一つしかない匂いを探せばいい」

実に簡単な帰結だな。

「おい、それはそうとマサツグ。どうやらワルムズ軍も少しざわつき始めているみたいだぜ？」

何？

俺はそちらに目をやる。確かに動きが見て取れる。

「きっとゴブリン軍が突然慌ただしくなったからビックリしちゃったんだね♪」

なるほどな……。

「しまったな。囮以外は期待していなかったから、それ以外の動きをするとは想定外だった」

下手に動かないで欲しいんだがな。

「動くことがかえって邪魔って顔だな？」

「そりゃ、マー君に任せておくのが一番被害が出ないもの♪」

しゃしゃり出てくる前に決着をつけてしまうとしよう。

奴らと共闘するつもりなどない。

だが、まあ言われなくてもルーナ孤児院を守るついでに、ワルムズ王国も救ってやるつもりだ。

文句はあるまい。

と、リュシアが声を上げた。

「ご主人様、見つけました！　あの真っ黒なのがゴブリン王《キング》です！」

彼女が指さす先には漆黒の肌を持つ巨大なゴブリンがいた。

鋭利な角と巨大な槌《ハンマー》を持ち、世界を睥睨《へいげい》するかの様な憎悪に燃え上がった赤い目をしている。他の個体に比べて存在感が桁違いだ。一言で言えば異様、更に言うなら憎悪の塊の様に見える。

全長は10m以上……。

間違いない……奴がゴブリン王《キング》。

……と、奴がコチラへギョロリとした目を向けた。

(能力も圧倒的か。俺の気配を察知するとはな)

が、俺はにやりと笑う。

かまわない。もはや隠れる必要はない。

「なぜなら見つかったのは貴様の方だからだ。ゴブリン王《キング》」

俺はそう言ってエリンに、

「分かっているな?」

「任せときな! あたしの精霊魔法、瞬きせずによく見てろよな!!」

そう言って詠唱を開始する。

彼女の周りにたちまち魔力の奔流が巻き起こり、圧縮された風が錬成されてゆく。

エリンの風魔法の実力は、草刈りの時に確認している。

俺は一度目を閉じると、少し息を吐いてから一振りの剣を手に取る。

それは冒険者ギルドより支給された一振りの剣。

魔法剣《ミスリル》だ。

いわく、この世界で人類が作り出せる最高峰の剣らしい。

そんな貴重な物を借用するのは嫌だったので一度は拒否したのだが、どうしてもと逆に頼み込まれて受け取った代物だ。

確かに、普通ではない迫力のようなものを剣から感じる。

「マサツグ、いけるぜ！　あたしがあんたを送り届けてやる!!」

「よし、やれ!!」

「うおりゃあああ!!　飛んでけえええええええええええ!!」

エリンのそんな絶叫とともに、俺は丘の上から全力で助走をつけ跳躍する。

瞬間、風の精霊シルフによって生み出された烈風が俺の背中を押した。

ビリっ！

ん？

「あ!?　マ、マサツグっ、ズボ……破れ……お尻がみえ……」

エリンが何か言っているような気がしたが、風のせいでほとんど聞こえない。

恐らく励ましの言葉だろう。

心配するな。俺は負けない！

俺は空を駆ける疾風となったのである。

眼下には豆粒ほどのゴブリンたちが見える。

俺の存在には気づいていないようだ。

まあ、気づいても鳥か何かだと思って終わりだろうが。

「それも仕方あるまい。何せ王《キング》のみを狙った狙撃だ。弾丸は人間とは……ふふふ、普通は思いつかないだろう」

いや、そもそも思いついても実行しないか。

提案した時の三人のポカンとした表情を思い出す。

「だが、まだ終わりではない」

やはり、最後の締めは俺がしなくてはな。

それにしても、先ほどからやけにお尻の辺りが冷たい。恐らく超高速で空を飛んでいるからだろう。

俺はゴブリン王《キング》へとグングン近づく。

と、王《キング》が愕然とこちらを見ていることに気づいた。

ふ、どうやらポカンとするのはあいつらだけでは足りなかったらしい。

奴は持っていた巨大な槌《ハンマー》を構えた。迎撃のつもりか。

だが、それでいい。

なぜなら、多少は抗ってもらわねば、

「一瞬で終わってしまうからな！　ゴブリンの王よ!!」

俺は雄たけびを上げながら弾丸のように王《キング》の手前へと着弾する。

と、同時にミスリルを勢いのまま大地へと叩きつけた。

およそ一キロの距離を飛来した迅雷《じんらい》の如き剣が大地に突き刺さる。

その威力は天変地異の再現に他ならない！

ドガガガァァアアアアアアアアアアアアアアンン!!

「ギィィイイィィイイィィイイイイ!?」

「な、何が、ぐわあああああああああああああ!?」

大地が崩壊するような衝撃とともに、ゴブリンどもが消し飛んでいく。

百……いや千を優に超える阿鼻叫喚の合唱が響き渡った。

これが『守る』と名付けられたスキルの本来の力。

化け物どもから『家族』という名の『居場所』を守る力だ!!

「ふん、地形を変えてしまったか」

さっきまでただの平地だったはずの場所が、今は爆撃を受けた後のように瓦礫の山だ。

巻き込まれたゴブリンたちはミンチになり、辛うじて息があっても身動き出来る者は絶無。

そう、ただ一匹、ゴブリン王《キング》を除いては。

「さあ正々堂々、一対一でやるとしようか、王《キング》よ？」

その言葉に目の前の敵は憎々し気な表情で牙をむき出しにした。

「ぐうう、これを貴様一人でやったというのか……」

相手は驚きを禁じ得ないといった様子で言った。

「目の前で起こったことすら理解出来なかったのか？　しょせんは雑魚どもの親玉か。どうやらそのデカ物《ハンマー》を操るだけの無能らしい」

奴はたちまち憤怒の形相を浮かべた。

「いい気になるなよ、小僧！　このワシは災厄の王と言われた恐怖の権化！　多少腕が立つだけの人間がかなう相手ではないぞ!!」

そう吼《ほ》えると巨大槌《ハンマー》を振り上げる。

「死ねい!!　あのお方の障害になる者は許さん!!」

ズガァァアアアアアアアアン!!

直撃！

それはまさしく山をも砕く一撃であった。

人知を超えた膂力《パワー》。それは人間数百人を一瞬にして消し飛ばせるだけの威力を誇る。

まさに死の行進を指揮する死神にふさわしい。

「さすがゴブリンの王《キング》と呼ばれるだけある。ただの雑魚とは違うな」

「グフフフフ、その通り！　所詮は人間風情よ!!　王たるワシに逆らったのが運の尽きだったな!!」

「ああ、そうだな。ふふ、確かにすごい攻撃だったぞ」

「グハハハハ、そうだろう、そうだろう…………なっ!?」

槌《ハンマー》の下から聞こえる俺の平然とした声に、王《キング》は悲鳴を上げる。

「いや、実に大したものだ。何せ俺に防御をさせたんだから」

俺はそう言いながら受け止めた槌《ハンマー》を悠々と押し返し始める。

「ば、馬鹿な⁉　ワシの必殺の一撃を受け止めたというのか！？」

「ん？ああ、いや受け止めたとは言ったがな。単にかわすのが面倒だっただけだ。かわすことは簡単だったぞ、あんなノロマな攻撃。……だが、おかげで初めて防御というものを経験出来た。誇るといい。俺に指一本使わせたんだからな」

「があ⁉　ゆ、指一本だとぉ⁉　た、たった指一本でワシの攻撃を……。この王たるワシの……。し、しかも、なぜだ。なぜ押し返せんんんんん⁉」

俺は嘆息しつつ、

「それはお前が非力だからに決まっているだろう？　どれほどの馬鹿力かと期待してみれば、この程度とはな。災厄の王などと名乗って恥ずかしくはないのか？」

「ぐぅぅぅぅぅううう、黙れ黙れ黙れ‼　このような辱め、絶対に許さん‼」

俺はその言葉に苦笑を浮かべ、

「御託はいい。さっさとかかってこい。雑魚なら雑魚らしくな」

「ぐううう、ゆ、許せぬ！　人間ごときが、王たるこのワシに……」

「御託はいいと言ったろう？」

聞き飽きたとばかりに言葉を遮り、一瞬で相手の懐へと潜りこむ。

「そ、そんな。早すぎるっ……⁉」

「そんなことを言っている暇があるのなら、防御でもした方がいいのではないか？」

俺は親切にもそう告げてから、奴のみぞおちに思いっきりボディブローを叩きこむ。

その一撃は鋼鉄よりも固いはずの王《キング》の腹筋に、いとも容易《たやす》くめり込む。

ビグンっ、と一トン以上あるはずのゴブリン王《キング》の体が浮き上がった。

「あ、あがが……！」

「まだ終わりではないぞ！」

俺は宙に浮いた王《キング》を追いかけるように地面を蹴る。

そして、白目をむいた奴の横面を思い切り蹴り飛ばしたのである。

「ぐぎゃあああああああああ!!」

絶叫を上げながら大地をバウンドし吹っ飛んでいく。

そして、数十メートルを吹きとばされた所で、大きな岩に激突してやっと停止した。

「う、うががががが……」

ゴブリン王《キング》が起き上がろうと瓦礫を押しのける。

が、ダメージは甚大らしい。

体の至る箇所から大量の血を吹き出している。

四肢は残らずおかしな方向に折れ曲がり、雄々しくそそり立っていた一本角も哀れにもへし折れていた。

「終わりだな、ゴブリンの王よ。災厄をもたらす者よ。孤児院を破壊しようという愚か者を見逃す訳にはいかない。ここで始末させてもらうぞ」

王《キング》は心底悔しそうにこちらを睨み付ける。

ふ、まだそれだけの目が出来るとはな。

だが、結果は変わらない。こちらに危害を加えようとするものを許すほど俺は優しくはない。

ミスリルの剣を振り上げた。

「これで終わりだ」

冷徹に告げる。

……が、ゴブリン王《キング》は何を思ったのか、突如クワッと目を見開き、天を仰ぐ。まるでそこに何者かがいるかのように。

無論、そこに何者も見えない。

だが、俺はなぜか瞬時にその場から飛びのいて距離を取った。

次の瞬間、奴はその醜悪なる口蓋《こうがい》を裂けんばかりに開き、

「至高なる御方《おんかた》よ！　力をお貸しください‼　貴方様の恐れる勇者が現れたのです！　我らの野望を阻止する善神の御使《みつか》いに違いありません‼　どうか私に闇の力を……‼」

そう天に向かって絶叫したのである。

勇者？　善神？　一体何を……？

だが、そのことを考えている暇はなかった。

突然、空を覆う雲が割れ、そこから瘴気の塊とも言うべき魔力が降り注いだからである。

「くっ」

俺は思わず口元を抑える。それはただの人間が浴びれば数分とたたず命を落とすであろう呪われた何かだと直感が告げたからだ。

「ぐ、ぐはははは、す、すごい。力が、力が満ちる。おおおおおおオオオオオオ！」

奴は歓喜の声を上げて、その降り注ぐ魔力を体内へと取り込んでいく。

（馬鹿が。そんなことをすれば……）

「おおお………。ぐ、ぐげ、な、何だっ‼　ワ、ワシの体がぁっ⁉」

歓喜の声は一瞬にして絶望の悲鳴へと変わる。

「当然だ。あれほどの規格外の邪悪な魔力を取り込めば、誰であってもただで済むはずがない！」

奴の体にたちまち異常が現れ始めた。

骨格が変貌する。

四肢が大地を這い回るごとき獣のそれへと成り下がる。

体躯が膨れ上がる。

二倍以上に膨れ上がったそれはブヨブヨとした蛇のようだ。

口蓋からは鋭利な牙が無数に飛び出す。したたり落ちた酸性の涎《よだれ》が大地を灼《や》いていた。

尾が新たに伸び先端に赤黒い突起がグロテスクに光る。

手足には禍々《まがまが》しい鉤爪《かぎづめ》が生え、体中から無数の触手が皮を突き破り現れた。触手の先端にはそれぞれ歯を備えた口があり、各々が意思を持つかのようにガチガチと音を立て、周囲を威嚇していた。

と、触手どもが何かを見つけたのか、その鎌首を伸ばす。

ズシュッ!!

血が舞う。

それは倒れていたかつての部下であった。もはやそれが同胞だったものと判別出来るだけの知能が残っていないのだ。

かつての部下を触手は奪い合うようにして構わずむしゃぶり付く。

「ぐふヴヴヴふふふ、こ、コおス、殺しヴィクレる……」

こいつを動かしているのは俺への殺意だけか。

「哀れな……王としての誇りはどうした？　今のお前はただの醜怪な化物だぞ？」

「うぎボい、だアれ。わヂはお前さえ殺べればそベゲ良い！」

王《キング》……いや、その不定形の怪物《キマイラ》はブルブルとその身を震わせると、体中の各器官を使って一斉に襲いかかって来る。

無数の触手、口蓋《こうがい》から飛び出た恐るべき牙、蠍《さそり》のごとき猛毒を備えた尾が俺の命を奪わんと迫る。

(吐き気のするような光景だな)

俺は心底そう思う。

なぜなら、それぞれの器官が全くバラバラに行動していたのだから。

(一つの生命に異なる意思が幾つも宿り、好き勝手に動くという奇形さは生理的に我慢出来るものではないな)

ズガァァアアアアアアンッ!!

俺は奴の突撃を紙一重でかわす。

通った跡には瓦礫《がれき》の山だけが残った。

「なるほど、これこそが死の行進という訳か」

俺は皮肉気に唇を釣り上げる。

一人で災厄を顕現《けんげん》させるとは、さすがゴブリンの王だ。

俺は感心する。

実際、手数が多すぎて、その凄まじい猛攻に手出し出来ない。

徐々に後退を余儀なくされる。

そして……、

「あっ⁉」

不安定な足場だ。俺はつい体勢を崩してしまう。

「ぐばばばっぱ!!　ぢ、ぢねッ!!」

好機とばかりに不定形《キマイラ》の怪物が迫る。

……いや、無数の器官が一斉に襲いかかって来たのだ!

そんな窮地に俺は、

「……やはり行動が単調だな。この程度のブラフに引っかかるとは……。これならばゴブリン王《キング》の頃の方がよほど強かったぞ?」

そうゆっくりと顔を上げながら言ったのだ。

無論、追い詰められ後退したのも、つまづいたのも、すべてフェイク、演技だ。

そんな俺の意図を察することも出来ないのか、奴の赤く濁った眼には俺への憎悪しか浮かんでいない。

(哀れな……)

奴の体は止まらない。いや、止まれないのだ。

統制のとれない各器官が、餌に釣られた雛鳥のごとく好き勝手に俺に襲いかかろうとするのだから!

その結果、どうなるか……、
グシャ!! ブシャっ!! ゾブりっ……!!

聞くに堪えない肉《しし》をえぐる音がナイリア平原に響く。

「グ、グエエ」

そして苦痛に満ちた声も……。

……もちろん、その声の主とは、

「思った通り器官同士すら敵か……」

俺は目の前で共食いを始めた不定形の《キマイラ》怪物を憐れみながら静かに言った。

それは地獄の様な光景であった。

触手は頭部へと喰らいついていた。鉤爪は触手の一つを切り裂き大地へと押さえつけている。猛毒の尾はその先端を自らの口腔へと突き刺していた。一方でその尾へは無数の牙が喰らいつき、今しも咀嚼しようとしている。

別の器官同士ならば、それは餌を奪い合う敵なのだ。

「終わりだな、哀れな王よ。そのまま朽ち果てるがいい」

自らを喰らい尽くしながらな。

「ぐ、ぐ、ぐ、グワアアアアアアアアアアア‼」

だが、王《キング》はまだ止まらなかった。

邪魔な触手を切り裂き、言うことを聞かぬ尾を噛み千切りながら俺へと突撃して来る。

「まだ死なない……いや、死ねないのか。あの邪悪な魔力が無理やりお前の命を長らえさせているる？　王としての誇りを踏みにじった上に、死ぬことすら許されないとは……」

まさに呪いだ。

「ならば楽にしてやる」

俺は迫る王を見据えた。

だが、相手は呪いによって強化された比類なき化け物だ。

恐らく大陸にいるS級の冒険者たちが束になっても倒すことは出来ない。

…………ならば、俺も剣を取ろう。

そう、俺はこうして初めて異世界にて『戦闘態勢』を取ったのである。

「ゴブリン王《キング》よ、喜べ。俺に構えさせたのはお前が初めてだ」

そして……。

俺は魔法剣《ミスリル》へと体内から湧き上がる魔力を流し込む。ポーション作りで学んだ、無理を通す無法の作法だが。

ミスリルが鳴動を始めた。

刀身から黄金の光が溢れ始める。

だが同時にピシッ、ピシッという空間にヒビが入るような不快な音がが響きわたった。

(やはりか)

俺は音の震源たるミスリルを見下ろす。

……そう、これは俺の魔力量に『魔法銀』とさえ言われたミスリルが耐え切れず、崩壊を始めている音なのだ。

「だが、この一撃さえ放てれば十分だ」

俺は魔力の充填を終えると、迫るゴブリン王《キング》へと視線を定めた。

今や各器官がバラバラに蠢動《しゅんどう》する奇怪なる化け物に違いない。

……が、その時、俺は王《キング》の目に若干の理性が戻っていることに気が付いた。

それが何によりもたらされたものだったのかは分からない。

しかし、俺はその一瞬で王と雄弁に言葉を交わしたのだった。

(マサツグと言ったか。貴様は本当に何者なのだ?)

(ただの孤児院の院長だ。言ってなかったか?)

（ふ、ふはははは！……ふざけおって。では、ワシはただの院長に負けるというのか？）

（その通りだ。だが勘違いするな。もし俺が孤児院の院長でなかったら、お前には勝てなかっただろう）

（どういう意味だ？）

訝し気に問いかける奴に対して、俺ははっきりと答えた。

（俺が得た力《スキル》とは、『家族を守る力』。孤児のガキどもを守ろうとする時、無限のパワーをもたらす。お前が孤児院を狙うというならば俺が負けることはない！）

そんな心の叫びと共に鳴動する魔剣を横なぎに振り切った！

「……ガアッッッッッッッッ」

その衝撃はゴブリン王《キング》の叫びさえも掻き消して黄金の光で周囲を満たして行く。

蠢《うごめ》く触手もおぞましい無数の牙も飲み込んで、不定形《キマイラ》の怪物の肉体を塵一つ残さず浄化して行った。

それは邪悪なる力を神聖なる力が打ち消す奇跡のようにも見える。

光は数十秒間放たれ続け、やがて収まった。

後に残されたのは浄化され、元の姿に戻ったゴブリン王《キング》の亡骸。

……そして、山頂が吹きとばされた山脈であった。

「……しまったな。背後の山のことを忘れていた」

地形まで変えるつもりのなかったんだが……。

このスキルは力加減が一番難しい。こういうのを力に振り回されると言うのだろうか。

と、そんなことを考えている内に俺の手元から『パキンッ』という鋭い音が鳴った。

それはミスリルが自壊を始める音であった。思った通り俺の力に耐えきれなかったのだ。

「……だが、だとすると俺は今後、何の剣を使えばいいんだ……」

いちおうこれが人類最高峰の剣だと言われているのだが。

と、別の方向からもピシ、ピシという音が聞こえて来る。それはゴブリン王《キング》の亡骸からであった。

どうやら俺の魔力によって浄化され無に還ろうとしているらしい。

「これに関しては好都合だな」

俺が国を救ったという余計な証拠が消えてくれる。

「……国を救ったのはあくまでついで。俺は単に孤児院を守りたかっただけだ。目立つつもりはさらさらない。山は迂闊だったが……失敗はつきものだ」

俺は英雄になどなりたくない。無駄な名声は俗人たち……それこそクラスメイトどもに譲る。

そんなことよりも平穏な暮らしの方がよほど貴重だ。

（そのためにもドランにはよく言い含めておかなくてはな。俺が国を救ったことは絶対に口外するなと。……ん？）

……どうも辺りが騒がしくなってきたことに気が付く。

（……なるほど、やっと来たのか。ふ、悠長なご到着なことで）

俺は少し笑ってから、さっさと立ち去ることにする。

それは王国軍が烏合の衆と化したゴブリン軍に反撃を開始した音だったからだ。

俺は丘の上で待つリュシアたちと合流し、隠してあった馬車に飛び乗ると、急いでナイリア平原を後にする。

心配したと抱き着いてくる孤児どもをひっぺがしたりしていると、後方にゴブリンたちを討伐する王国軍の喚声が聞こえてきた。

ふ、俺の見込んだ通り後始末ぐらいはやってくれそうだ。

(これで俺は孤児院を経営することに専念出来るな)

俺はなかなか離れない少女たちを見下ろしながらそんなことを考える。こうして俺の孤児院を守るための戦いは、誰にも知られることなく終わりを告げたのだった。

12. エピローグ

「……誰にも知られることなく、俺の戦いは終わったはずなのだが」

「何ですかあ? 独りごとですかあ? ねえ、そんなことよりナオミさぁん、そろそろ心変わりしたのではありませんかぁ? 臨時とは言わずに、フッツーの冒険者としてギルドに登録をしたくなって来たでしょう? ねえねえ~、ナ・オ・ミさ~んたらぁ」

甘ったるい声で誘いの言葉をかけてくる。

「我慢は、毒ですよぉ? さあ、私にその身を預けてみましょうね~。私、実はナオミさんをとっても気に入ってるんですよお？　今なら無条件にＳランクとして迎えちゃいますしぃ、んふふ、何より私シルビィちゃん自らそれ以上のオモテナシを……」

鼻面を小突いてやろうという衝動を抑えて口を開く。

「いいから帰れシルビィ。何度言わせる？　俺はルーナ孤児院の院長で、仕事が忙しい。邪魔するならばただではおかんぞ？」

だがシルビィという少女はこたえた様子もなく、

「ただではおかないなんて、きゃぁ、わたし困ってしまいますわ」

何が可笑しいのかクスクスと笑う。

それはプラチナ色の髪を長く伸ばした十五、六歳の少女だ。

やや吊り上がった猫の様な瞳をしている。言動は大人っぽいというか下品だ。何よりこいつは、

「お父様……ではなくてドラン様も言ってましたよぉ？　救国の英雄をみすみす逃す手はない。何とか俺たち冒険者ギルドの執行部へ勧誘したいって。うふふ、あの頑固者のお父様が、ナオミさんに首ったけですよぉ？　もちろん私も、ね？」

そう言って俺の頬を撫でようとしてきたので、俺は遠慮なくその手を打ち払った。

「きゃん、ひどいわぁ」

悲鳴など上げているが、こいつは気にしちゃいない。

こんな立ち振る舞いをしているが、腹に一物を持っていることが俺には察知出来る。

つまり、これは俺を油断させるための擬態なのだ。本質は蛇か蜂か……。

「はぁ……」

どうしてこうなった。

ゴブリン王《キング》を倒し、ワルムズ王国を滅亡から救った。借金からも解放され孤児院を守ることが出来た。

ドランやティターノといった関係者へ口留めもし、この一件は闇に葬られるはずだったのだ。

……だが、想定外のことが起こった。

それは冒険者ギルドがより積極的に俺を抱き込もうと動き始めたことだ。

そう、活躍しすぎたのである。

そもそも俺へのゴブリン王《キング》討伐依頼は、冒険者ギルドがルールを曲げてまで行ったウルトラCであった。

ゆえにこの一連の出来事はギルド幹部であれば知らぬ者はいない大事件であり、誰しもが注意深く今回の事態の推移を見守っていたのだ。

ゴブリンとの戦いも『遠見』のスキル持ちを配備し、監視していたのである。

そして、俺はその幹部どもが注視する舞台の上で百点……いや、それ以上の演技をしてみせてしまった、という訳だ。

(間抜けにも、な)

多少でも苦戦していれば良かった。

だが、俺の戦いは善戦どころか圧勝であり、なおかつ魔法剣《ミスリル》を自らの魔力によって自壊させるというオマケまでついた。

つまり今や俺はギルド上層部にとってみれば、一刻も早く組織に引き込むべき最重要人物なのである。

目立たずに済むなどと言っていた俺はとんだ間抜けだった訳だ。

このシルビィが毎日俺を篭絡《ろうらく》しようとやって来ているのも、ギルドマスターであるドランの正式な命令なのである。

「いくら来ても無駄だ。さっさと帰れ」

「お堅いのですねえ、ナオミさまったらあ。まあ、そこがいいんですけどねえ。んふふ」

いい加減蹴り飛ばしてやろうか？　と、そんなことを考え始めた時、リュシアが部屋にやって来た。

「ご主人様、今よろしいですか？……あ、シルビィさん、またいらっしゃってたんですね」

「はあい、リュシアちゃん。今日も今日とてお邪魔してまぁす。でも、今日もザーンネン、無理みたい。……ねえねえ、リュシアちゃん、あなたからも一言言ってもらえな～い？」

「え？　はい。ご主人様はずーっと私たちのそばにいてくださいね？」

「ここ以外に行く所もないのでな」

「藪蛇《やぶへび》でした～、ちゃららんらん、っと」

シルビィは訳の分からないメロディを口ずさむと、素直に帰り支度を始める。

「大魚を釣るには慌ててはいけないからね～。気を長くして待ってますからね？」

ニコニコと得体のしれない笑顔を残して帰って行った。

無駄に疲れさせる女だ。

「で、リュシア、何の用事だ？」

リュシアがハッとして口を開いた。

「あ、はい。以前から作成中だった『紙』がやっと完成しましたので、報告に来ました」

ほう、ついに出来たか。

「じゃあ一緒に見に行くか？」

「はい！」

俺が歩き出すとリュシアが手をつないでくる。

シルビィとのやり取りで疲れていて振り払う気力もない。

そのまま目的の部屋へと移動した。

その部屋は孤児院の中でも広めの部屋で、真ん中に作業用の大テーブルが置かれているのが特徴だ。

『作業室』などと俺たちの中では呼んでいる。

その作業室のテーブルの上には黄ばんだ何かが置かれていた。

「へっへー、どうだよマサツグ。これ、あたしが作ってたやつなんだぜぇ？」

「あっ、お姉ちゃんもちょっと手伝ったよ！」

「シーは持ってきただけじゃなかったか？」

「ちょ、エリンちゃん。だめよ、乙女の秘密をばらしちゃ！　せっかく風呂焚き精にまでランクアップしたのに!!」

受け入れたのか……。

俺はそんな彼女たちのやり取りは無視しながら、

「で、使えそうなものはあったか？」

その言葉にリュシアを含めた全員がそろって頷いた。

「はい、ご主人様がおっしゃった通り色んな雑草を使ったおかげです！」

「ほとんどのものは強度が足りずにすぐに破れちまったり、逆にパリッパリでとても文字なんて書けねえ代物だったけどよ」

「で・も・ね、マー君。一つだけ柔らかいのに簡単には破れないものが出来たの。それがこれよ♪」

そう言ってテーブルの上の一枚を俺に手渡して来る。

ふむ……。

俺はそれを受け取り、思いっきり折り曲げたり、文字を書きこんだりする。

（……完全な粗悪品だな）

元の世界で使っていた紙に比べてあらゆる点で劣ると言わざるを得ない。

黄ばんでいて汚く、強度も中途半端だ。少しの衝撃で破れてしまうだろう。紙の美しい光沢など望むべくもない。

だが……、

「字は、書けるようだな」

ざらざらとしているが問題ない。柔軟性もわずかにだが存在する。

衝撃さえ与えなければ破れる心配はないだろう。それに、

「量産も可能だ」

材料は庭にあった雑草だ。そこら中に生えているから素材の確保に困ることはない。

これはポーションとは違う点だ。ポーションは素材の入手が困難すぎて商品化に難がある。

「じゃ、じゃあ⁉」

リュシアが息をのみながら言った。

「紙としての機能は最低限とは言え備えている。合格だ！」

その言葉に少女たちはわっと歓声を上げた。

「ご主人様。ついに出来ましたね！　やっぱり私のご主人様はすごいです！」

「あたしの貢献を忘れないでくれよな！」

「すごいよマー君♪　今回の発明は歴史を動かす大発明だよ！　今は貴族だけのものだった本が、今後は庶民にも行き渡るようになるんだもの！　革命、革命だね♬」

「ああ、付加価値をつけて売りたい。前に言っていた絵本だ。あれを作ってルーナ孤児院のブランドで売り出す」

その言葉に少女たちが一層盛り上がった。

神話を題材に使おうとか、エルフに伝わるおとぎ話を採用してはどうかなど早速相談を始めた。

そのあたりは任せておくとしよう。案がまとまれば相談に来るだろうからな。

（これで二品目か）

コンニャクに続く第二弾だ。こうして様々な収入源を確保して行くことは重要だ。

前の孤児院長が失踪したように、金の有無が未来を左右するのだから。

今の所商品開発は順調だ。

前途は明るいように思える。

……だが、心配なことが無い訳ではない。

なぜかここ数日、ずっと頭に引っかかっていることがあるのだ。

「……ゴブリン王《キング》やゲールゴブリンどもが言っていた『あの御方』とは一体誰だ？」

それに、

「『勇者』だと……？」

それはゲームなどに登場する世界を救う者の呼称だ。

「ふん、馬鹿馬鹿しい」

俺は肩をすくめる。

（俺はただの孤児院長だ。世界を救うなどとは笑い話にもならん）

そう言って笑い飛ばそうとする。

……だが、なぜかその言葉が気になって仕方ないのであった。

しかし、

「ごーしゅーじーんーさーま！　ご主人様ったら！」

と、リュシアが俺を呼んでいた。

「どうしたんですか、ぼーっとされて。絵本の題材が決まったから聞いて欲しいって、何度も呼んでますのに」

そう言って心配そうに耳をクタリとさせる。

「…………ふん。だが心配する必要などないか」

「え？」

何でもない。そう言って俺は少女たちの元へと歩き出す。

(難しく考える必要はない。家族に手を出す奴がいればぶちのめせばよいと言うだけの話だ)

俺は先ほどまで感じていた嫌な予感が嘘のように消えているのを感じながら、少女たちからの提案に耳を傾けたのだった。

なぜか誰一人まともな服を買おうとしない件

「おい、お前たち買い物に行くぞ」

とある昼下がり、孤児院のリビングにいる三人に向かって俺は声をかけた。

少女たちが意外そうな表情で顔を上げる。

普段の買い物は基本俺一人か、荷物持ちのためにもう一人一緒に行動するくらいだ。こうして全員に声をかけることはない。

「デ、デートという奴ですね!? ご、ご主人様と一緒にお買い物なんて楽しみです!!」

俺はため息を吐く。

「バカなことを……。荷物持ちに決まっているだろう。今回買うものはかさばるから、ついてこいと言っているんだ」

そうですか、とリュシアは微笑んだ。

「しょうがねえなあ。あたしの力が必要ってことか」

エリンが何か言っているが、こちらは無視した。

歯を見せて「いー」っとしてくるが、やはりスルーする。

「マー君ったらだーいたん！　三人をいきなりデートに誘っちゃうなんて！　お、お姉ちゃん、そんな風にワイルドに成長したマー君のこと………すっごくカッコいいと思うな！　待っててね、マー君！　お姉ちゃん、すぐに準備するからね♬」

「お前は何も聞いちゃいないな」

そんなやり取りをしつつ、少女たちは勝手に盛り上がって外出の準備を始める。

「もういいか？　さっさと行くぞ」

俺の言葉に用意を整えた三人は、

「「「はーい」」」

と元気よく答えたのだった。


「ここだ。到着したぞ」

目的の店に到着した。さっさと中に入ろうとする。

しかし、

「ご、ご主人様、あの、入るお店を間違えいらっしゃらないでしょうか？」

リュシアがせわしなく耳を動かしながら言った。

「何か結構高そうな服屋なんだが……」

エリンも戸惑ったような表情を浮かべた。

「間違いも何も、今日はお前たちの服を買いに来たんだ。二、三着それぞれ買え」

「どうしちゃったのマー君!?　いつもなら私に『ペットに服を着る権利はない』って言ってるのに!?」

「公共の場で誤解されるような発言は慎まんか！」

ぎょっとした表情で通り過ぎる一般人を横目で見ながら俺は口を開く。

「はぁ……。勘違いをするな。贅沢をさせるつもりはない。だが、衣服だけは最初に良いものを買ったほうがいい。大事に着れば、それだけ長く着続けることが出来るから結局安くつく」

安物買いの銭失いは避けろということだ。

「で、ですがこのようなお店で高価な服を買うわけには……」

「ガタガタいうな。これは院長命令だ」

そう言うと少女たちは抗弁するのをやめる。

初めから唯々諾々《いいだくだく》と俺の言うことに従っていれば良いのだ。

「ほら、さっさと入るぞ」

「は、はい……」

俺たちは店の中へと入る。

そこには様々な衣服が並んでいた。

種族や職業ごとに色々な服が用意されているようだ。価格はどれも高いが、今回に限っては仕方あるまい。

さっき説明した通り、贅沢をさせるためではなく、あくまで質素に済ませるための先行投資にすぎない。

「さあ、選んでこい」

「で、でも……」

「あまり俺を待たせるな。色々と忙しいんだ」

その言葉に、少女たちは観念したのか、戸惑いながらも足を踏み出す。

……だが、最初こそ俺の顔色を窺いながらといった様子であったが、しばらくすると目をキラキラとさせながら、自分に合う服を夢中で物色し始めた。

やれやれ、手間をかけさせる。

俺は大きく息を吐いた。

と、休憩もつかの間、リュシアがなぜか俺の元へ駆け寄って来た。

「あの、これなんてどうでしょうか？　どちらが良いかご主人様の好みを伺いたいのですが」

そう言って少し照れながら、持ってきた服を見せてくる。

なるほど、どうやら俺の意見を参考にしたいようだ。

さて、一体どんな服を持って来たんだ？

俺は彼女の持ってきた服を受け取って目の前に広げる。

それは日本人の俺には馴染みのあるデザインの服であった。

黒のマキシ丈（くるぶしまで届くスカート）のワンピース、それにヒラヒラとした清潔感のある真っ白なエプロンがよく映えている。フリルが肩や裾にあしらわれ、帯を背中で交差させて腰の後ろ部分で大きなチョウチョを作っていた。小物としてはやや控えめすぎると思われるカチューシャが添えられているが、これは正解だろう。リュシアにはふわりとしたケモ耳が備わっているから、わざわざヘッドドレスを目立たせる必要はなく……、

「って、完全にメイド服じゃないか！」

俺はそう叫んで、それをリュシアに突き返す。

「ご、ご主人様⁉　だ、だめでしたでしょうか？　そ、そうですよね、わたしにメイド服なんて似合いませんよね？」

いや、似合うのは似合うが……というか似合いすぎるが……。今お前たちに買えと言っている服とはそういった類のものではない。外出時にも着用出来る普段着を買えと言っているんだ、普段着を。

「あ、あのご主人様、すみませんでした。それではこういうのはどうでしょう？」

彼女はそう言って今度こそ別の服を差し出して来る。

それは先ほどとは全くタイプの異なるヒラヒラとしたものではなく、ぴったりと肌にはりつくような服であった。

ストイックにも紺の単色で造作されたそれは、妥協なく身体にフィットする形状をしつつも、大変な伸縮性を備えている。妙にすべすべとした質感を備え、不思議な艶《つや》と光沢が同居していた。余分な装飾もなく、地味だがどこか洗練されたそのあり方は、歴戦の兵《つわもの》の様な潔《いさぎよ》さを感じさせ……、

「って、どう見てもスクール水着だろうが！」

なぜ異世界にこんなものがある⁉

「え？　スライム繊維を使った作業着ですが……。あの、色々と用事をするのに動きやすくていいかと思ったのですが、ダメでしたでしょうか？」

「いいわけがあるか！」

まったく。

だが、なるほど。先ほどのメイド服も作業がしやすいという理由で選んできたという訳か。リュシアらしいと言えばリュシアらしい。

(が、これでは任せていても埒があきそうにないな)

仕方ない、と俺は先ほどから目に留まっていた服を取って来る。

そして、それをリュシアに乱暴に渡した。

「え？」

シュンとしていたリュシアが驚いた表情を浮かべた。

「手間のかかる奴だ。お前にはその白のブラウスがお似合いだ。それにしておけ」

押しつけがましいが、さっさと選ばないこいつが悪い。

だが、

「に、似合う！　ほ、本当ですか!?」

「？　あ、ああ……髪の色と合っていると思うが……」

そう返事をすると、リュシアはなぜか非常に嬉しそうな表情を浮かべて、ブラウスを宝物のように抱きしめ会計へと向かうのだった。

「ふむ？」

リュシアの髪は栗色だ。夜の孤児院では視認性が落ちて廊下などでぶつかってしまう恐れがある。

だから目立つ白色の方が安全管理上、適切というだけだったのだが。

俺が内心で首を傾げていると、今度はエリンがやって来た。

「何だよ、リュシアはマサツグに選んでもらったのか。じゃ、じゃあ、あたしも選んでもらおうかな。孤児の間で不公平があっちゃダメだしな！」

どういう理屈だ？

まあ、さっきのリュシアのリアクションを見たところ俺のセンスは悪くない。

暇ではないのだ。さっさと似合う服を選んで孤児院に帰るとしよう。

「よし、では、これでどうだ？」

「もう選んでくれたのか？　へへ、どれどれ？……って、なんだこりゃ？」

エリンが目を丸くする。

どうやら俺のセンスに驚いているようだ。

「トップとボトムを黒でそろえたレザージャケットにレザーパンツだ」

無論、忘れずに指だしグローブも渡してある。

「ふ、闇に生きる暗殺者といったところか？」

実にカッコいいな。

だが、エリンは何だか困ったような表情を浮かべながら、

「いや、うーん、選んでくれたのは嬉しいんだが、出来れば、ほら、もっと女の子らしい服の方がいいなあって。その、た、例えばマサツグから見て可愛いと思う服装とかさ」

などと言う。

「ふむ？」

なるほど、どうやらカッコいいよりも可愛らしいものを求めているらしい。残念だな、オールブラックでかなりイカしてたんだが……。

（いや、諦めるのはまだ早い）

女は様々な小物を身に着けることで女性らしさをアップさせる。

ならば……、

「追加でこれらを身に着けてはどうだ？」

俺はそう言って、指輪や外套といった幾つかの小物を手渡す。これで可愛さも備わるはずだ。

しかし、

「こ、これって……」

と、今度こそエリンは絶句して固まってしまう。

正直、余り良い反応ではない。

ううむ、なぜだ？

せっかくドクロの指輪や真っ赤なマント、おまけで眼帯や包帯をつけてやったというのに。

（どっちも、こんなにカッコいいのだがな……）

まったく、女というのは謎に満ちている。と、しばらくしてエリンが復活すると、軽くため息を吐き、

「あー、やっぱあたしが最初に選ぼうとしてたヤツの中から選んでもらおうかな。ほら、こいつら

だ。どうだ、すっごく似合いそうだろ？」

そう言ってフード付きのノーブルっぽい衣服を持ってくる。色は緑と黒の二種類だ。

「そこまで候補が絞れているならば、自分で選べばいいだろうが……。どちらもそう変わらん」

「なんだよ、どっちも似合うってかあ？」

エリンがからかうようにして言った。

が、俺は自分の間違いを悟る。ふむ、これは……、

「いや、やはり緑よりも黒がいいだろう」

俺は真剣な表情で意見を言う。

するとエリンはたちまち顔を赤くして、

「え？　こ、こっちの方が似合うってことか？……ふ、ふーん、じゃあこっちにすっかなあ。もう、マサツグがそう言うなら、しゃあねえなあ！」

そう言ってエリンは黒の服を抱きしめて会計の方へと走り去るのだった。

「ふむ」

まさか緑だと、エリンの金髪と相まってトウモロコシを連想するから、とはさすがの俺でも言えなかった……。

「それじゃあマー君、次はお姉ちゃんの番だね♪」

そう言ってシーも水色と黄色の西洋風の巫女服を持ってきた。

「先ほどから言っているが自分で……」

「どうかな、マー君♪　どっちの方がマー君の好みかなぁ？」

聞いちゃいない。

「まあいい。お前は水色にしておけ」

「ま、マー君……、とうとう私を水の精霊神だと認めてくれたんだね！　だから、お姉ちゃんのパーソナルカラーを選んでくれ……」

喝采を叫ぼうとする。

だが俺は首を横に振り、

「いや、単にお前の服を選ぶのが面倒で俺の気分がブルーなだけだ」

「そんな最低の理由で⁉　他の二人と全然扱いが違うよ‼」

キャンキャン！

「やかましいなあ……。まあ、それは冗談……かどうかは置いておくとしてだ」

「そこははっきりさせてほしいんだけどな……」

シーの言葉は無視し、

「お前の言う通り、水というのはポイントだ。お前にぴったりの色だろう」

「そ、そうなの？　似合うってこと？　じゃ、じゃあやっぱり水色にするね♪」

コロッと機嫌を直し嬉しそうに会計まで服を持っていった。

やれやれ。

水は水でも、水難なのだがな。

最近の俺の見解では、シーは恐らくセイレーンとか、そういった水の悪霊だろうと思われる。

言ったらまたキャンキャンとうるさいので黙っておくが。

（はぁ、それにしても買い物一つでえらく疲れる）

俺はぐったりしながら、歯を見せて笑っている孤児たちを眺めたのだった。

（まあ、どうせこいつらは何を着ても似合うのだから、どれを買っても同じだとは思うのだが……）

俺はそんなことを考えつつ、彼女たちが買い物を済ませるのを待つのだった。

あとがき

こんにちは。初めまして。お久しぶりです。初枝れんげです。この度は本書を手に取って頂きありがとうございました。このまま棚に戻される方もいらっしゃるのでしょうが、それはそれ。とにかく私は今お礼を申し上げたい気持ちで一杯なのです。

何せ書籍化です。夢にまで見た書籍化なのです。

とりあえず書籍化すれば、人生の目標は果たしたから最悪事故って死んでも収支は合ってる、と。

そんな風に割とマジで考えていた訳ですが、マジで書籍化することが出来ました。

思い残すことは多々ありますが、後悔はありません。さて。

本書はヒナプロジェクト様が運営する『小説家になろう』というネット小説界きってのポータルサイトに掲載していた私の素人バリバリの小説が原作となっています。

ただ、そちらを知っている方は驚かれたかもしれません。

何せ九十九パーセントくらい修正しましたので。

正直、連載してすぐに書籍化の打診を頂いた時に、どういう形で本にするか悩んだのですが、ネットで多くの声（ご指摘）をいただいたので、それを受け止めて修正を決意しました。

おかげで想定よりも皆様にお届けするのが遅れた次第です。

ここに謝罪を。二巻もあるので許してくださいね。

TOブックス様にも思い出したように謝罪を。私のわがままと拙筆に付き合って下さりありがとうございます。

しかし、そう、TOブックス様の編集長様のS様、担当編集のS様の心は非常に寛大であることが、世に証明されたと言えなくもないと思います。

とりあえず私が証言しておきますので、どこかで引用してくださって構いません。

また、もう一人深くお礼申し上げたいのはパルプピロシ様。

イラストを見た瞬間飛び上がるくらいうれしかったです。

あれほど素敵な絵を描いて頂けた私は本当に幸せ者だと思います。

今世の私という人間は小説を書くことしか興味のないダメな人なのですが、来世生まれ変わったら、人を喜ばせる絵描きになりたいと思いました。

そして最後に本書を手に取って下さった読者の皆様。ネット掲載時から支えて下さった皆様にすべての感謝を捧げます。本当に読んで頂きありがとうございました。

異世界で孤児院を開いたけど、なぜか誰一人巣立とうとしない件

2017年9月1日　第1刷発行

著　者　初枝れんげ

発行者　本田武市

発行所　TOブックス
〒150-0045
東京都渋谷区神泉町18-8　松濤ハイツ2F
TEL 03-6452-5766(編集)
0120-933-772(営業フリーダイヤル)
FAX 03-6452-5680
ホームページ　http://www.tobooks.jp
メール　info@tobooks.jp

印刷・製本　中央精版印刷株式会社

ISBN978-4-86472-604-7